写给我的孩子若昂

胭+砚
project

表皮之下

O Avesso da Pele

Jeferson Tenório

〔巴西〕杰弗森·特诺里奥 著

王韵涵 译

漓江出版社·桂林

是谁在那里?
　　——博纳多《哈姆雷特》

目录

表

1

里

33

重返圣彼得堡

139

巡逻艇

177

表

1

有时你一开始思考，便沉浸其中，与世隔离。就这样，你在内心深处造了一座屋宇。这是你的生存方式。如今，我更愿意认为，你离开是为了回到我身边。我想要的不只是你离开造成的缺失。我想要你仍以某种形式存在，无论这样多么令人痛苦，多么叫我悲伤。毕竟，在这个家里，在这所公寓中，你将永远是一具不断死去的尸体，永远是那不愿离去的父亲。其实，你从来都没有离开。直到生命的终点，你还相信书籍能使人获益。然而，你踏入生命，又从中离去，生命之苦却分毫未变。

各种物件上残存着你的回忆。这些回忆碎片好似在挑衅,又好似安抚着我,因为它们是感情的遗存。也正是这些物件向我默默诉说你的故事。我也正是借此将你创造,又将你寻回。也正像这般,我试着明白,我们到底还能承受多少悲剧。也许我是想寻得某种真相,不过我并不在乎结果,重要的是四处收集线索、开始解谜的过程。谜题始于客厅门后,在那里我找到了一个橘色黏土盆。盆里有一块石头,那是块奥库塔[1],缠着红、绿、白色的珠链,具有神力。我仔细端详它。如此,我们便能深入一条已逝的生命。我将奥库塔从盆中取出。记得那天你说,你的引路神是奥贡[2],他能带来好运,因为奥贡是唯一一位能对抗深渊的神。记得正是从你口中,我第一次听到"深渊"这个词。有些词我们在孩童时代便能铭记,因为它们会抚慰人心。记得卢阿拉姑姑说过,一旦找到你的奥贡石该怎么办。"把它包在布里,双手捧着带到河边。"不过,出门前,我去了你的卧室,站在门口向内观察:有些衣服散落一地,有些被扔进衣

---

[1] ocutá,非洲巴图克、坎东布雷和乌班图教中对神圣魔法石的称呼。
[2] Ogum,巴图克、坎东布雷和乌班图教里的开路神,司战争,善用铁器。

橱。桌子上，有没墨的笔。有不成对的袜子和超市小票混在一起。有笔记本和纸。还有装着你学生考卷和作业的文件夹。你的房间惊人地混乱、无序。我望着这种种物什，心里明白正是它们会帮我讲述你离开前的模样。正是这些把你打倒的东西，现在将你的故事娓娓道来。它们是来见我的你的鬼魂。

2

教室最后面有学生举手,你走近,他说他得出去。你发现这男孩身体不适。他脸色苍白,双眼泛红。教室里很安静,有些学生留心等着看老师的反应。然而,还没等你想出话说,那男孩一个趔趄向前,吐了你一身。现在整个班都看向你。有人大笑。男孩咳嗽着,又吐了些。这是你在这所学校教书的第二年。那天,在已有经验以外,你又学到了一件事:如果一个脸色苍白、双眼泛红的学生在考试时举手请求离场,最好别靠太近,直接放他出去。安顿好呕吐的学生,你才去了洗手间,并尽量不看自己的衬衫，你可一点儿也不想知道这位学生今早吃了什么，虽然能从这恶心的气味判断，大概是奶咖之类。此时此刻，你想起自己还是学生，在学校里想吐的时候。其实有好多次。胃一直是你身体最敏感的部位。你十二岁时，第一次焦虑发作，而那时你甚至还不知道它名为焦虑。一开始，仅仅是不太舒服，但马上手心出汗，肌肉发抖，冷颤不止，最后是恶心反胃。你第一次焦虑发作是在六年级，是因为想起地板上的小洞，还因为听到科学老师说，几十亿年后太阳就会爆炸。当你发现世界末日真的存在，你不禁浑身颤抖。结果连着几周，你都为了人类、天体、星球和太阳系操心受罪。你为了未来的人类那样痛苦，提前为将来所有世代操心。死亡的概念那样辽阔，那样可怕，直叫你手足无措。你还想起二十一岁的某天，你驻足镜前，意识到生命有多混乱，有多了无意义。你回到教室。学生们早就没在写考卷了。空气里还盘旋着呕吐物的酸臭味。已经叫了清洁工，但你知道人不会那么快就来，毕竟这是一所阿雷格里港[1]城郊的公立学校，既没几个职工，还穷得要死。

1　Porto Alegre，巴西城市，南大河州首府。

学生们哄哄闹闹，就希望你取消考试。但你得严厉一点。三十岁的你，需要展示自己身为教师经验丰富、管理严格的风范。"忍着点儿，赶紧写卷子。这要是在军营，你们都得被打哭。"可是，你既做不了一位严厉的教师，又没服过兵役。十八岁那年你胃溃疡，结果没能参军。记得一位中士命令你和其他男孩脱掉衣服，又叫所有人趴下，把屁股撅起来。面面相觑之后，有些人真的照令撅起屁股。然而，你们马上就听到中士讥讽的笑声，他说他就开个玩笑，"快把衣服穿上，你们得去国旗下宣誓"。他还说军队需要的是强壮的男子汉，"不是你们这种瘦猴弱鸡"。当时，你的胃有半厘米的伤口。体内没有过半厘米伤口的人可能觉得这不是什么大事。但你清楚体内有半厘米伤口，却既没医保又没钱是什么感受。当时，你十八岁，重四十三千克。于是你忆起第一次做内窥镜的时候，那是在阿雷格里港的一家公立医院，无麻。他们叫你吃了片药，可它只能麻醉你半条舌头。然后，一根比吸管稍粗，大概十厘米长的管子插入你口中。你以为自己会窒息而死。看着自己的食道显示在设备屏幕上，你想起上担架前经历了十二小时禁食，然后在走廊上又等了两小时。你处于昏迷边缘,可能因为饥饿,也可能因为虚弱,因为胃溃疡让你不能进食、不能喝水,也不能入睡。当时,你十八岁,还是处子之身。宣誓仪式上,你们抬起右臂,得一直抬着,直到整首国歌结束[1]。然而,你那天似乎更虚弱了,从未有过的虚弱。中士在队列里巡逻,喊着"妈的,胳膊再抬高点!"还说国旗下宣誓可是很严肃的,谁做不好就关他一晚上禁闭。他说这些的时候,你想起来有一天,你被当成盗贼逮捕了。那是你十四岁的时候,你在科帕卡巴纳[2]等公交,好去见继父。此时,一辆公交停下,几个小年青下了车,指着你嚷嚷"就是他,就是他"。你一点儿也没明白这是怎么回事,但当即决定逃跑。一回头,只看见一大群人在后面追。出于生存本能,你跑进巴拉塔里贝罗街的一堆商店中间,然后冲进遇到的第一个敞着门的地方:一座福音派教堂。到了三十岁,你还想着自己应该去当神父,以回报救命之恩。你跑进去,躲在一排长椅后面。整个教堂空荡荡的。你藏在那儿,听着自己的呼吸,静静等待。

---

[1] 巴西国歌极长,时长约三分半钟。
[2] Copacabana,巴西里约热内卢市的一个街区。

但这时你听到有人高喊:"他在这儿!他在这儿!"转瞬之间,不知多少急于复仇的小年青一窝蜂涌入教堂。有人发现了你,指向你。马上所有人都朝你扑来,对你的头脸和腹部拳打脚踢,你尝到恶心的血味。你没有丝毫抵抗,只蜷成一团,嗫嚅着"我什么都没做"。然后你的意识逐渐模糊。这时有人掏出枪来顶着你的头,迷迷糊糊之间,你尚能听见有人在喊"崩了你这小黑崽子,黑鬼给老子去死吧!"然而,由于你不会在这里就死掉,所以在被杀之前,你奇迹般地被一位教堂神父救下。他出面阻拦,说着"各位,看在上帝分上,以耶稣的名义,要尊重圣所啊。在这儿你们谁都不准杀"。又奇迹般地,那些人不再打你,退散离去。教堂又空了。你没哭,因为你没有哭的时间。你只觉得头部剧痛,一颗门牙松动了,为了避免它掉落,你尽量不用舌尖碰它。你被铐着带去警局。你的脉搏初次感到铁手铐的冰冷。围观群众辱骂你,叫你强盗,还说这次你总算跑不掉了。到了警察局,事情才搞清楚:原来你被错认成了一个盗贼。(他们以为你抢了其中一个小子的棒球帽。)于是被错认为盗贼一事载入了你的人生履历。于是你将在疼痛中明白为什么这种事情会发生。国歌终于结束，你的胳臂得以休息。你不知道何时才能回家，而刚巧你也没有回家的钱。你只知道自己得从公交闸机底下钻过去。但是你又不想，你不想这样做。你十八岁，重四十三千克，有胃溃疡，但还保有尊严。上了公交你要坐在最后面。公交快到你家时，你要迅速起身飞奔下车，逃票。下课铃响了，学生们起来交卷。而你浑身难受。连上了好几节课，又被吐了一身，你只想回家、洗澡、休息。但你不能，因为还有十堂课等着你，每堂五十分钟。你变身为上课机器。答疑解惑的机器。"哎哎，都说安静了！"的机器。"你们专心点儿"的机器。"现在不能去厕所"的机器。耐心压抑着把一点儿也不想学从句的学生打一顿的冲动的机器。你也不想学从句。但是学校就是为此而生。为了叫学生讨厌而生。你也明白自己也是这讨人厌的一部分。每踏入一个班级，每消耗生命的一个小时，你都觉得自己不该在这里。你得老实承认，你自己都不清楚怎么就成了一名教师。你生命中的大部分重要事件都无视你的意愿。你几乎想不起来自己怎么就考上了文学院，在你唯一能够付得起学费的大学里。其实你也就只上了这一个学院的课，因为你在阿雷格里港市风车磨坊区的一家律师事务所打了一年工。你想起律所一位老板面试你的那天,当时你十九岁。他叫布鲁诺·弗拉戈索,四十二岁,又秃又矮,面部棱角分明。虽然他并不吸烟,却有着烟鬼般沙哑的声音。他让你等了四十分钟,好显得自己是个地位显要的大忙人。然而,之后你发现,其实他在电脑上要么玩纸牌接龙,要么看黄片。久等过后,布鲁诺终于出现,握了握你的手,坐在你面前把你上下打量。你十九岁,但还尚不了解何为自尊心,也不懂如何自珍自爱,如何保持心理健康,因此你和他对视没多久就移开了目光。布鲁诺敏锐地捕捉了你的反应。你正是他想要的那种人。一只手到擒来的猎物。于是,布鲁诺完全主导了局面,非常自然地说:"我不喜欢黑人。"你抬眼。布鲁诺没有退缩,反而重复了那句话:"我不喜欢黑人。"他大概在等你有所反应,但什么都没发生。你一动不动。然后,布鲁诺挪了挪屁股,补充道:"我不喜欢黑人,因为我以前在加里巴尔迪有个农场,雇了对黑人夫妇,他们却偷我家当,把我家抢了个遍,所以之后我再也不相信黑人了。"此前,你从未承受过这般赤裸裸的种族歧视,至少在你记忆里没有。但你并不惊讶。一种麻木感渗透全身,叫你无法做出任何反应。当时,你也不太清楚生为黑人意味着什么。你既没和人谈过种族主义,也没谈过黑人传统精神,什么都没谈过。在那个时刻,你只是一具黑色的躯体。但在内心深处,你知道自己受了羞辱。即便如此你也没有任何反应。布鲁诺说他要给你一次机会,因为他想拯救你,帮你摆脱毒瘾,尽管你根本没吸过毒。他还想让你摆脱枪支暴力。布鲁诺还相信,如果所有老板都能像他这么做,社会早就风清气正了。若有人问,面对这走钢丝一般的生活,你究竟如何能活到现在,那你可能会想,一切不过都是偶然,就像你母亲爱上你父亲的那种偶然。那是二十世纪七十年代,她是里约热内卢市班古区一家超市的收银员,而他是同一家超市的保安。某天你母亲告诉你,她爱上他是因为他长得很像球星里韦利诺。"那么黝黑浓密、精心打理的小胡子,那样腼腆的笑容,那双满是渴求的眼睛。"他是一个沉默寡言的男人,而她就喜欢沉默寡言的男人。他们偶然相遇,二人之间强烈的吸引力让你母亲鼓起勇气,打破当时的保守规矩,主动邀你父亲一起喝一杯。但你父亲不喝酒，他唯一的爱好是抽烟。她二十二岁，还是处女之身。她这么说的时候，他静静看着她，好像她的话是天方夜谭。然而，你母亲有些受伤，坚持说自己确实是处女。你父亲不太相信，然后大笑着喝了一小口橙子汽水。他把杯子放在桌上，凝视着她，目光满是邪念和情欲。他觉得自己真是中了大奖。过了几天，他想告诉在蔬果区工作的阿毛里，告诉他她还是处女，告诉他他俩正打得火热。瞧瞧，现在这年头还有处女。然而，你父亲还是决定保守秘密。他不是那种爱分享私事的人。两人的恋情进展飞快，你也将在一年后出生。不出几个月，他俩就结了婚，搬去拉帕区的一栋两层小楼。婚前，他们去了海女神耶曼娅的使者特蕾莎妈妈那里。她是你父亲的圣母祭司。他们去请求诸位奥里莎[1]的祝福。结果，是泽·佩林特拉[2]接待了他们。"孩子们啊，你们将生下奥贡神的子民。孩子们啊，他的人生将硝烟不断。"然后他大笑，笑得前仰后合。你父母初入洞房的那晚，也是造出你的那晚，他们同频共振，好似所有星球都

1　Orixá，巴图克、坎东布雷和乌班图教里的天神。
2　Zé Pelintra，守护灵，社会底层人民的保护者。

| 表 |

13

为之臣服。他们身处热恋，感到生命中将有大事降临。没有什么能够阻挡。布鲁诺·弗拉戈索和他姐姐一起管理事务所。你入职后，发现这里掌实权的还是布鲁诺。这也极大影响了你的工作体验。工作期间，你吃胖了，胃溃疡也痊愈了，胃里也再没有绽开的伤口。可有时，每当你哭泣，每当想起自己还可以哭泣，你觉得其实从出生到成年，那个半厘米的伤口一直在你体内。布鲁诺·弗拉戈索是白人，富得很，喜欢漂亮小姐、进口跑车，以及所有白种富人眼里的奢侈品。你同事兼玩伴茹阿雷兹说，这人就是个傻蛋。这话一出，以后每次你们提到老板，都会用"傻蛋"指代。茹阿雷兹是白人，来自县城。初中毕业之后，他来阿雷格里港讨生活，好不容易才在这个事务所找到工作。你们结识于莱奥波尔多·霍夫曼州立学校的夜间班。当时你十七，茹阿雷兹二十。由于不想走父亲的老路，他抛下塞尔陶津纽市[1]的平静生活，来到州首府，想离家求学。他全家都是白人，那里大部分人也都是白人，但在他母亲死后，他父亲决定和一个土鳖再婚（当地人管印第安裔叫土鳖）。也是从

---

[1] 巴西圣保罗州北部的小城市。

| 表皮之下 |

那时起，茹阿雷兹一家才发觉偏见的存在。市民都不理解为什么他父亲非要娶一个土鳖，印第安裔在当地可并不受欢迎。由于不愿待在这个太过狭小的城市里继续过穷日子，茹阿雷兹和他的兄弟们纷纷离家。兄弟几人拿着给别人家院子除草换来的一点小钱，离开了塞尔陶津纽。到了州首府，他们迟迟找不到工作。从家乡带的钱很快耗尽，而手足矛盾更是雪上加霜，特别是在茹阿雷兹发现他大哥儒利奥开始贩毒之后。一天，他们大吵一架，茹阿雷兹说咱来这儿可不是为了干这档子事，万一老爸发现怎么办。大哥说你少管闲事，这还不是为了谋生。也是在那时，茹阿雷兹平生第一次见到真枪。一把 38 mm 口径左轮手枪挂在大哥的皮带上。茹阿雷兹大为震惊，儒利奥却不以为意。"哎，老弟，这就是为了自卫，懂不？你别担心，我不会用的。"他边说边把手枪掏出来给弟弟看。"老弟，你也不是不知道过苦日子有多难，你也不是不知道咱一辈子都得受这种罪，反正这日子我是过不下去了。我可不想待这儿挨饿，懂不？"听到这番话，茹阿雷兹甚至为自己谴责了大哥而深感内疚，毕竟他对饥饿的滋味再清楚不过。也许儒利奥才是对的。

"我不要再当穷光蛋，不要再过那种没吃没穿的日子，我就不要。"几周后，茹阿雷兹被大哥说服，开始和他一起贩毒。你离开学校的时候，觉得自己作为教师又失败了。吐在你身上的那个男生早已跟没事人一样，而你却不是。最近，回家是你的少数快乐之一。你也不再拜访耶曼娅的使者特蕾莎妈妈。起初你的理由是没时间，之后你连理由都懒得找了。你唯一保有的信仰是奥贡神，你把奥贡的奥库塔放在门后。到了家，打开冰箱，里面空空如也，只有一杯水和几包昨天点芝士汉堡外卖送的芥末酱。得去趟超市。你还盯着冰箱看，发现要不要填满这个空间完全取决于自己的意愿，而你又懒得去超市，懒得排队，什么都懒得干。如今你收入虽然高了些，人却没了耐心。你又想起茹阿雷兹，想起他冰箱里也空无一物的时候。当时你这位朋友高中刚毕业，就开始在连锁超市做包装工。一天干十二小时，薪水微薄，真真少得可怜，只够他付和室友合租的小房间的租金。一天，你和茹阿雷兹去了一家夜店。他跟你说他好担心贩毒的大哥，还说他很害怕这种日子要继续。但他没说其实自己也开始贩毒了。那是你俩最爱的夜店，音乐种类繁多：沙尔梅[1]、说唱、放克。提姆·玛雅[2]和"理智哥"[3]的歌掀起全场高潮。你们在家练习舞步,好去夜店向女孩卖弄。那时,你们心里清楚,只有会跳舞才有机会接触女孩子。伴着《说唱不一样[4]》("沙尔梅和放克有啥子不一样……"),你们开始跟着女孩子在大厅里打转。然而,你们总是失败。你们太瘦了,也太丑了。因此,为了弥补这一劣势,你们扭腰摆臀,挥洒汗水,舞步丝毫无差,可即使如此也毫无机会。由于你们缺少猎艳者的魅力,女孩子一眼都不看过来。夜深,你和茹阿雷兹没找到伴,只能离开。整个青少年时期都是如此。离开舞厅时,差不多已是黎明,你们得在花钱吃热狗还是花钱买回家车票之间抉择。最终饥饿胜利。于是你们一边分吃一个热狗,一边走回家。你们还年轻,即使花了一整晚跳舞追女孩,再徒步五十分钟回家也不在话下。你到家时,你妈开了门,说她担心得一整晚没睡,说最近阿雷格里港市的暴力事件越来越多了。你耐心地听

---

[1] Charme,一种黑人舞曲。
[2] Tim Maia,巴西歌手、作曲家。
[3] Racionais MC's,巴西著名说唱组合。
[4] Rap da diferença,巴西二十世纪九十年代的放克歌曲。

她讲，但其实你只想上床躺着，自慰，然后睡觉。你也这么做了。说起来，你第一次自慰的时候大概才十岁，从此懂得了在某些时候自慰确实能让自己好受一些。在你刚学会自慰那会儿，十岁的你还不能射精，也尚不知晓这一行为会陪你熬过漫长的孤独。想着刚见过的理都不理你的女孩子自慰之后，一股伴着困意和疲惫的空虚感席卷全身。而现在，你早已不再是少年。每次你醒来，把手放到床的另一侧，你都会扪心自问，当时是不是不应该坚持和埃莉萨在一起。是不是不应该原谅她。然而你已经变得太过骄傲。五十二岁的你，忘了该如何原谅。你起床，今天周六，晴天，准备去阿雷格里港的街上散散步。你戴上耳机出门，听着路易斯·梅洛迪亚[1]的歌《虽生犹死》。

---

[1] Luiz Melodia，巴西歌手、演员。

3

　　有时候你自己都很讶异，怎么就和我妈妈结了婚。你俩的一位好友这么评价你们的结合："坏的开始奠定坏的结局。"虽是陈词滥调，但其中自有真意。这么多年过去，你还是不懂自己当时怎么就决定和她共结连理。从一开始，你俩就不合适。我可能说得有点简略。实际上，你们对彼此的爱并不足以战胜自身的梦魇。你们只是两个破碎的人，双方各有自己的碎片，都在寻找心灵支柱，都想把爱情当作扶持自我的拐杖。那时，生活已让你们遍体鳞伤，所以你们觉得，如果连爱情都不能提供支撑,那就太不公正了。结果,你们非但不愿尝试修复感情,反而决定一刀两断。你们互相伤害,互相折磨,因为在人生的某个阶段,人会失去爱的能力。我妈妈第一次见到你,就觉得你怯懦、瘦弱、毫不起眼,而你确实怯懦、瘦弱,毫不起眼。你不怎么说话,也不引人注目。你的聪明才智鲜有人知。然而,你一和苏埃伦谈恋爱,我妈妈就开始注意你。不只是她,很多人都开始注意你。苏埃伦是个金发的中产阶级女孩,来自南大河州的圣玛利亚市。大家都搞不懂这段恋情因何开始。在阿雷格里港这所小小的私立大学,你和苏埃伦立刻变成了人们茶余饭后的谈资,成为这里最受关注的人物。原因很简单:你是黑人,而她是白人。在二十世纪九十年代,并非没有像你们一样的情侣,但即便如此,你们还是十分引人注目。人们不会当着你的面发表种族歧视言论,但总在你背后指指点点。其实,苏埃伦是你的第二位白人女友,所以你大概知道要如何应对,因为在苏埃伦之前,你还和茹莉安娜交往过。她是个十九岁的红发女郎,住在格拉瓦塔伊市。你们结识于一次派对,就是你和好友茹阿雷兹常去的那种派对。和茹莉安娜在一起时,你第一次开始察觉自己作为一个巴西南部黑人的处境。和她手牵手走过市中心的海滩街[1],你注意到旁人的眼光,有时还能听到种族歧视的笑话。街头摊贩交头接耳,说她和你在一起只可能是为了钱。因为"一个这样的白姑娘,却跟了这样的黑崽子,哈哈,怎么可能呢"。然而,一开始你和茹莉安娜闭口不谈此事,因为目前这种事并不重要。你们甚至认为,种族主义和爱情没有一丁点儿关系。在你们心里,爱情高于肤色。然而,就在雷亚尔计划[2]开始实施的那年,也就是你第一次看到货币有了购买力,超市标签机终于消停下来,不再成天变更商品标价的那年,你结识了奥利维拉老师。是他让你产生了自我意识,也产生了对周遭白人世界的意识。奥利维拉老师是诗人,也是文学教师。他是爆炸头,留着大胡子。你对这位以同样热情论及奥贡与莎士比亚的老师深感崇敬。从此,你的人生开始改变。不过,那时你还与茹莉安娜有着相同的世界观。你们相信,种族之别并不存在,存在的只有人性。你初次听说黑人意识的时候,

---

[1] Rua da Praia,阿雷格里港的商业街。
[2] Plano Real,巴西为对抗通货膨胀而实施的货币计划,始于 1994 年。

也不懂其实在社会上,一个人的肤色比他的品格重要得多。周日午餐时分,茹莉安娜把你介绍给她的家人,那时她五十四岁的伯伯,校车司机辛瓦尔,叫你黑鬼,你也毫不介意。你不介意,是因为你觉得这带有几分亲昵的称呼正表示你被女友的白人家庭接受了。结果,没过多久,你不仅成了这家人口中的黑鬼,也成了对黑人一切刻板印象的缩影:他们说你对疼痛不敏感,说黑皮肤不易老化,说你得会跳桑巴,说你得喜欢帕格吉音乐[1],说你应该踢得一脚好球,说黑人擅长田径。"你不跑步?"说黑人游泳不行:"你见过有哪个黑人拿过游泳的奥林匹克奖牌?要是赛跑呢,你们就老赢。因为黑人小时候就被非洲狮子追着跑。你看看圣希尔维斯特公路赛[2],老是那些肯尼亚人得奖。"另一方面,茹莉安娜也遭到了姐妹和闺蜜的问题轰炸,这些女孩子从未交过黑人男友。"所以他怎么样?是不是像传说的一样床上功夫很棒?他的那根呢?很大吗?黑人真的性欲很强吗?他身上什么味道?"茹莉安娜虽然表现得无所

---

[1] Pagode,二十世纪八十年代的黑人音乐,在桑巴的基础上创新产生。
[2] 巴西的国际公路长跑赛事。

谓，但心里还是不痛快。她不想在这种场合讲那种事。不出几个月，你们便意识到肤色在亲密关系中无法忽视的重要性。很快，茹莉安娜对你的爱称成了"黑哥哥"，而你则亲昵地喊她"小白妞"。有时，做完爱你们把胳臂贴在一起，欣赏肤色的差异。在你们眼中，这样的黑白混合很美。你们还想象你们的小孩会是什么长相，五官什么样，头发什么样，肤色又是什么样。你们要给他不带任何种族偏见的教育，强调白人与黑人平等，告诉他大家都一样是人类。然后，你们互相亲吻，觉得自己真是善良。于是，每当走在街头，你们故意直视路边的人，看到他们尴尬的神情，自己却不为所动，甚至很享受这种做法。你们在一同反抗这个充满偏见的社会。你发现，如果你独自走进商店，会因为是黑人而备受冷遇。这时，只要茹莉安娜也进来，吻你，那店员就对你恭敬多了。"既然一个白女人愿意跟这个黑人，那他肯定是好人。"后来，你也享受起这种状况。有时，茹莉安娜犹如一纸通行证。若你和她在一起，你在他人眼中便不再是普通的黑人，而是特别的。不久，种族元素也被带上了床。以前，肤色之别对你们而言只是一种精妙的美，一种政治元素，而现在,它还叫你们欲火焚身。种族主义语汇马上变成了情话。"小白妞,过来。""黑哥哥,来嘛。""来舔舔你的小白妞。""来嘬嘬你的黑哥哥。""小白妞,我好爱你的皮肤。""小黑鬼,我好喜欢你的肤色。""喜欢你白白的小嫩穴。""喜欢你的黑棒棒。"然后你们立刻就高潮了。于是,以后每次要高潮的时候都是如此。种族元素便这样悄无声息地蔓延到生活的每个角落,而你们却毫无觉察。再也回不到从前。种族使爱情变了模样。无论爱意抑或情欲,都或多或少需要点儿黑色素。之后,你们该谈婚论嫁了,你也愈加频繁地去茹莉安娜的奶奶家,和她的伯伯一起用餐。他们和你也愈发亲密。现在,大家可以毫无顾虑地讲黑人笑话,还叫你一起来笑。一开始你跟着笑,想给人留下好印象,表示你并不在乎这些,可慢慢地,你觉得里面有些话你再也不想听。每当被言语刺痛,你便离开人群,随便找个角落独自待着。一天,辛瓦尔伯伯看见你不开心,便拿了一罐布拉马啤酒[1]过来找你,问你要不要喝,是不是生气了,如果是的话,就别气了,那就是个笑话而已。就开个玩笑。"你

---

[1] Brahma,巴西著名啤酒品牌。

表皮之下

马上就要和我的小侄女结婚,马上就要变成家里的一分子。难道你没有白人笑话吗?孩子啊,最好的防守就是进攻。你应该知道点儿白人笑话,对吧?讲一个呗。"他等着你的反应,但你沉默不语,只是接过啤酒,尴尬地笑笑,再看向与母亲、姑妈坐在一起的茹莉安娜。恰巧,她们大笑起来,你差点真的以为她们在笑你。辛瓦尔伯伯挽住你,把你带回人群。你觉得他好亲切。然而,在你把茹莉安娜介绍给你家里人的时候,他们对她可没有那么好。你母亲除外。她凝视着这个皮肤白皙的女孩,好像看见了自己孙子的模样——肤色更浅,头发更柔顺,面容更精致。她想,他不会被歧视。但你的两个妹妹,尤其是卢阿拉,对茹莉安娜满是敌意。她想,黑女孩那么多,我哥干吗要和没劲的白娘们儿在一起?一有机会,她就开始大谈奴隶制的遗存啦,因为是黑人所以工作很难找啦,阿雷格里港的白人都有种族歧视,更不要说南大河州其他城市啦。但茹莉安娜不以为意,她不觉得你妹妹在说她,毕竟自己男友兼未婚夫是黑人。她想,我和种族歧视可不沾边儿。卢阿拉小你两岁,但看着比你更成熟。她从未和白人恋爱过。实话说,很少有白人男性注意她。当她发现这不过是因为她的黑皮肤,当她发现自己的头发不受欢迎,当她发现自己对他们来说只是一种性癖,她便开始抗拒白人世界。直到结识奥利维拉老师,你才理解了妹妹的处境。当时,一个非政府组织出资在教堂里给黑人开课,叫你有条件准备高考。当时,你还不清楚以后想做什么。其实,此前你的生命不过是一场障碍越野,叫你迷失了方向。你不愿真正参与你的生活,也从不自问为何世事如此。你从不自问为何自己如此穷苦,从不自问为何父亲不在身边,从不自问为何走在街上总被警察找麻烦。日子就这样流逝,而你只不过是自己人生的过客。然而,当奥利维拉老师给全班讲麦尔坎·X[1]的故事,当你们谈起马丁·路德·金[2],当你第一次听到"黑人性"这个词,你对人生的理解有了新的维度,并发现身为黑人比你想的要艰难得多。正是奥利维拉老师让你明白,种族本身就是伪命题。仅仅一堂课,你便发现种族不过是个谎言,你的肤色只是欧洲人残忍的"发明创造"。你发现,从十八世纪开始,

---

[1] Malcom X,黑人穆斯林组织"伊斯兰国度"领导者之一,非裔美国人民权运动者。
[2] Martin Luther King,美国牧师、社会运动者,非裔美国人民权运动领袖,1964年诺贝尔和平奖得主,主张以非暴力方式争取非裔美国人的基本权利。

种族主义言论就成了推行黑奴制的借口。你听奥利维拉老师讲起种族这一提法的由来。看他在白板上写下一些人名,你也跟着做笔记,例如瑞典植物学家林奈,就是他开始根据起源和肤色划分人种:欧洲人种,美洲人种,亚洲人种,非洲人种,马来人种。你听呆了,把这些通通记下。从来没有如此震撼你的新知。你又记下了另一个名字:约翰·布卢门巴赫,德国动物学家,他是第一个用肤色定义人种的人。十八世纪中叶,他把人分为白种人、红种人、黄种人、棕种人和黑种人。你继续记笔记,没人打断老师的话。有些学生快睡着了,他们大概并不在乎种族的由来,而其他人像你一样,真正对老师的话感兴趣。奥利维拉又在白板上写了一个人名,叫你们决不能忘记他:阿蒂尔·德·戈比诺,种族主义之父。"就是这个人首先把种族的概念用于政治,可千万不能忘了他。"他强调:"正是阿蒂尔·德·戈比诺主张,在权力争夺中,种族是最重要的因素,所以有优等种族和劣等种族之分。在他之后,其他种族学者也蜂拥而来,试图找出科学依据,以证明黑人比较劣等。"接着,奥利维拉老师投影了一张头骨照片,问同学们,如果只看这张图,能不能看出他的人格,能不能看出他是聪明还是愚笨。没人回答。大家都不想答得太蠢,让老师失望。于是,奥利维拉老师揭晓答案:"当然不能。但是十八、十九世纪的种族主义理论认为可以。不过,从科学的角度来说,这是胡说八道,纯属骗局。"你很喜欢听奥利维拉老师说一些很艰深的词汇,所以把这些词通通记下来,好在课后查它们是什么意思。"这都是胡说八道,"他继续说,"因为它的论据全是随机事件。这种理论不过是为了给种族歧视的黑奴制正名。"你一边听着他讲,一边迫不及待地想见茹莉安娜,和她分享课上所学。那天放学时,你仿佛寻得了人生真谛。两天后,你一见到茹莉安娜,就连忙讲起你还有印象的课堂内容,在你眼里那堂课实在太精彩了。茹莉安娜也为你高兴。你则一有机会就引用奥利维拉老师的话,一有机会就模仿他,甚至学他的说话方式,奥利维拉老师俨然成了你的榜样。但你压根没发现,茹莉安娜变得不太爱接你的话了。其实,没过几周,她就厌烦了你口中的种族、歧视与黑人性。她甚至好几次都觉得,奥利维拉老师不过是个狂热的疯子,而你也想步其后尘。不过,起初她什么都没说,因为她不敢,也不愿伤害你。于是,她一有机会就突然转移话题。此外,你也越来越不想每周日去她奶奶家吃饭,并不是这家人的种族玩笑愈发过火,而是你对这些事愈发敏感。一次,你从她奶奶家里出来,跟她说你不想再去他们家吃饭了。她问你为什么,你说你不想再听到那帮种族主义者成天叫你黑鬼,你有名字,而他们甚至可能不知道你名叫恩里克。茹莉安娜一言不发。她不想吵架,所以保持沉默。听你这么说她的伯伯,她很难过。"他们不是种族主义者,只是没学过你学的东西而已。"然而,在回阿雷格里港的公交车上,她说她现在感觉好悲伤,因为你变了,开不起玩笑了。现在你什么都要较真,觉得什么都是种族主义。"你以前不是这样的呀,我们就不能像从前一样吗?"一听这话,你不知该作何反应。你很生气,怀疑自己听错了。你也想三思而后行,可你只有十九岁,做不到三思而后行。你们的恋情绕进了死胡同,之后,你一和白人女孩交往,都会变成这样。下公交之前,你骂她自私,说她根本不在乎你,也不在乎她家人怎么对你。茹莉安娜竭力表现得贴心温柔。她叫你"黑哥哥"。结果,你勃然大怒,不准她这么叫你。"我不是你的黑哥哥,也不是你的黑鬼。我的名字是恩里克。"茹莉安娜求你别这么大声,说没必要当众出丑。可你已经毫不在乎旁人的眼光。于是茹莉安娜开始哭泣,而你也打消了下车的念头。你很生气,因为你本不想惹她哭,你们不该为这种事吵架。"你真不讲理,"她说,"人家都说你心里只有自己。你才自私呢。你以为就你难受?每次人家问我为什么要和你在一起,你以为我就不难受吗?"而你却说:"我和你可不一样,你可以说不要就不要我,我可没法说不要就不要我这黑皮肤。你跟你那些闺蜜说了是吧?说了和黑人交往,和黑人做爱是什么感觉是吧?"茹莉安娜要下车,说你太过分了,她听不下去了。她按了铃下车。你一个人继续坐车。此后,你们的关系急转直下。第二天,她打电话给你,说咱们以后最好别见面了,于是你又骂她自私,她骂你混蛋,说你满脑子都是对白人的偏见,又说她家人劝她别和你这种人来往还真有道理,然后啪地挂了电话。那天你哭了,因为无论如何,你仍然爱她。好几个月,你都想着要不要打电话道歉,承认你可能太激动了,可能太把种族当回事了,但最终没有打。你们再没见过面。所以两年后,你在阿雷格里港那个小破高校和苏埃伦在一起的时候,已经有了和白人女孩恋爱的经验。你不会再在相同的地方跌倒。然而,与茹莉安娜的情况不同,你并不爱苏埃伦。这或许给我妈妈创造了更多机会。

里

1

医生说我刚出生的时候半天都没哭。我妈妈很担心，不过，我马上就发出了第一声啼哭，被护士放在妈妈的怀里。而不久之前，她还在出租车上痛苦呻吟："我求你开快点，马上就在车里生了。"阿雷格里港的普罗塔西奥阿尔维斯大街从不似那般长。尽管你们夫妻关系不和，尽管我妈妈好几次都后悔怀了孕，她还是选择把我生下来。不过，人出生是因为他必须得出生。就是这个道理。生产三日后，她带我回家。你因为我的诞生手足无措，其实我妈妈也一样。孩子的降生是父母此前人生阶段的终结，又是新阶段的开始，很神奇对吧？我妈怀上我的那会儿，你们本来是分居的。然而，一次旧情复燃，一夜冰释前嫌，一夜重修旧好，悲剧随之酿成。突然，你们之间有了连结：它正在她的子宫里，是个像小蝌蚪的、尚未成形的人，它的心脏怦怦搏动。我便是拴住你们二人的引力。我知道，一开始你想抛下我们母子，想抛下所有。我要是你，肯定早就跑了。可是，人不能就这么逃跑。即使是二十二岁、人生经验甚少的我，也清楚只有铁石心肠、不知悔恨为何物的人才会在这种时候逃避。很不巧，你积下了比山高的错，而我妈妈就用罪恶感将你束缚。从一开始便是如此。最近看书里说，亲密关系里有两种人：自私者和给予者。你是天生的给予者，而我妈是天生的自私者。她刚上大学认识你，就马上察觉了这一点。她很快发现，你对情感攻势毫无抵抗力。这也是她的最大武器。我不想就此责怪她，毕竟人人都有童年创伤，也都得与其斗争。由于父母早逝，我妈妈十二岁时就被收养。她母亲死于车祸。而我只知道，她母亲当时喝醉了，凌晨三点在阿雷格里港下城区的街道中间走。就是这样。几个月后，她父亲死于严重心脏病发作,享年四十。他死在阿雷格里港市中心的某条街上。我妈妈说:"就是这样。"然后换了话题。就这样,我妈妈才十岁就成了孤儿,下面还有三个弟弟,孤苦无依。大姨想着要不要把他们送到孤儿院等别人收养。"我可养不活这么多小孩。我妹疯了吧,居然能和这种男的生这么多小孩。希科可真是个酒鬼。他揍她,她也揍他。两个人成天喝酒,一道儿堕落。我还以为他们哪天会把对方搞死,这下没机会了。不过这种结果还强点儿。听好了,你们没法在我家待,懂吗?这小破屋一个人都塞不下了。小玛莎,你懂吗?你是大姐,得懂。大姨不想叫你们受罪,但我这儿确实没地方。今晚你们可以留下来睡。贝托跟雷吉斯最小,可以睡上下铺。罗德里戈跟蒂亚戈去睡地板。你小姑娘跟我和劳拉一起睡床。今晚就这么办。但也就这一晚上,知道吗?你们理解一下大姨,不是大姨不喜欢你们,而是真没条件养你们,明白吗?"我妈妈明白了,因为反正她也什么都做不了。实际上,几乎整个童年时代,她都什么也做不了。就这样,姐弟四人挤在大姨的小单间里过了一晚,既伤心又难过。然而,不知是出于担忧,还是出于罪恶感,茹列塔大姨又留他们住了几天，后来变成住了几周，再后来成了住几个月。凛冬降临，他们的生活也每况愈下，因为天一冷，就得穿更厚的、也就是更贵的衣服鞋子。茹列塔大姨是女用，想方设法避免大家挨饿。寒冷让清晨六点起床变得愈发痛苦。不过，生活马上就会好转，因为正巧茹列塔的童年玩伴玛达莱娜到阿雷格里港来了。我妈妈的人生即将迎来新的转折。玛达莱娜。这个女人将救她于一时。在我妈其中一位弟弟的生日宴会上，玛达莱娜观察着她。她一个人坐在小角落里，玩着破破烂烂的布娃娃。我妈妈生来就是个孤僻忧郁的小孩。大而漆黑的眼眸又把她衬得格外忧伤。玛达莱娜心中激荡着同情与母性。她也有个同龄的女儿，名叫弗洛拉。生日会上，玛达莱娜的眼神从未从我妈妈身上移开。离开之际，她觉得要是女儿能有个同龄小姐妹作伴也挺好。玛达莱娜当时已经在其他州考了公职。于是，我妈妈十二岁就被玛达莱娜收养了。没走官方流程。我妈妈差不多硬是被茹列塔大姨推给了玛达莱娜。她再也不能和自己的一群弟弟共同生活。过了几个月，她们来到圣卡塔琳娜州[1]。就这样，

---

[1] Santa Catarina，位于巴西南部，南与南大河州接壤。

虽然对弟弟的思念仍萦绕心头，但在她面前，崭新的世界已然敞开。她们搬去沿海的石丘区。在八十年代末的圣卡塔琳娜，大量如今变成自然保护区的土地被抛售，价格跟香蕉一样便宜。玛达莱娜也买了一个小房子，她们叫它"小牧场"。这房子就是一间三十来平米的木屋，锌皮屋顶，只有两扇窗，一个上下铺，一张单人床。因为还没有冰箱，她们只能拿冰块和塑料做了个简易冰箱。厕所在屋外一个小房间里，我妈妈都不敢晚上过去。于是，玛达莱娜给她弄了个尿盆。这里的乡野生活十分简陋，但并无穷困潦倒之感。这只是另一种生活方式。小牧场位于山腰，被郁郁葱葱的丛林环绕。玛达莱娜搬来这里住，就是想让自己和两个女孩过得更好。她觉得这边生活成本低、亲近自然、远离大城市的暴力，并确信这是最好的选择。从此之后，她们必须与变色龙、蛤蟆、蛇、吼猴、大嘴鸟和蚊子共存。没过多久，我妈妈就觉得地狱里应该也有蚊子。半个少女时期，她的皮肤一直带着天然驱蚊剂的味道，她的身上也一直混着油、酒精和其他玛达莱娜硬给她抹上的玩意儿。可那些野蚊子天不怕地不怕，照样精准攻击她们不经意露出的小片皮肤。实际上，她们离弗洛里亚诺波利斯[1]市区整整四十公里,在石丘的生活可谓举步维艰。去瀑布取水要爬上爬下,还得想往哪走、什么时候出发,真是既耗神又费力。卫生站也离得很远,而且没有电。每到晚上,我妈妈躺在一片漆黑之中,总觉得好害怕,因为她离弟弟们好远好远。而且她既没了爸爸,又没了妈妈。痛苦回忆几乎每天都缠上她,一点点侵入,轻轻击打着她的心,叫她伤心欲绝。亲人不在身边,是她一生都跨不过去的坎。随着年龄增长,她将在心中建一口深井,将这辈子唯一真正刺痛她的心魔埋在井底。它名为孤独。然而,到了早晨,当她抬眼,从山顶极目远眺,望向大海,她的身心被海的广袤攫住了。这是她前所未有的感觉。用大海治愈心灵。正是大海成了她之后好几年的倾吐对象。尽管她毫无察觉,但与海的亲近将成为她前行的动力。涛声在她的心房回荡,而有时,不知是奇迹还是偶然,她心中的那口深井被海水侵入,孤独被暂时淹没。她就用这种方式拯救自我。玛达莱娜是社会课老师,但不爱教课。她

---

[1] Florianópolis,圣卡塔琳娜州首府。

爱看书，爱思考社会问题，爱分析马克思[1]和涂尔干[2]，但就是不爱教课。即便如此，她还是得去学校，毕竟她要谋生。这是她自己选择的道路，她谁都不想依赖。和弗洛拉的生父睡觉那晚，她直接挑明了说："我想今天晚上怀孕。你可别误会，我是喜欢你，但我觉得你不会当个好父亲。所以你别担心，你什么责任都不用承担。"这位名叫鲁本的男人觉得，第一次和他睡觉就说这种话真是太怪了。其实她只是预测了以后可能的发展：鲁本是石丘这帮年轻人的头头，聪明帅气，身形修长，长发乱须。每个女人都想要他。他父母在圣保罗当包工头。鲁本不算富有，但也不缺钱，还维持着不依赖父母的独立叛逆形象。鲁本读奥修[3]，不喜欢尼采。他常常冥想，还做手工艺品来卖。大家都说他床技好。他懂星座，会画星图，还会数秘术和塔罗牌。他读的是凯奥·费尔南多·阿布雷乌[4]，听的是披头士，又觉得巴西热带主义音乐[5]也没比披头士差到哪去。此外，他

---

1 德国社会学家，马克思主义的主要创始人，社会学三大奠基人之一。
2 法国社会学家，社会学三大奠基人之一。
3 旃德拉·牟罕·翟诩，印度公众演说家，批评社会主义和印度传统宗教，主张以更开放的态度对待性行为。
4 巴西表现主义作家、记者、剧作家。
5 产生于巴西 1960 年代末的热带主义文化运动。

还主张恋爱自由。三十六岁的他,一次正经恋爱都没谈过。他跳有机舞。在他眼里嗑药和做爱都不是事。因此,经过综合考虑,玛达莱娜确信他无法承担父亲的责任。而且她也不觉得自己好看。她不喜欢自己的身体,觉得自己胸部太大了。去海滩时,她要穿连体泳衣,尽可能遮住她的肚子。她害怕自己大麻吸多了。她一共就吸了几次,不是为了快感,而是为了融入大家。她怕自己会失控。大概正因如此,她想她肯定没机会和鲁本睡第二次。于是,为了说服他和她睡觉,也为了在他心中占据特别地位,她要怀上他的孩子。鲁本也接受了玛达莱娜的提议,因为他早就和好多女人干过这种事了。据说半个山丘的小孩都是他的种。这可能有点夸张,也可能只是胡扯。不过那晚他们做了爱。这也是他们唯一一次做爱,不过这就够了,她怀上了弗洛拉。父亲的缺失是我妈妈和弗洛拉的一大共同点,但并非她们成为朋友的原因。

2

  我翻你东西的时候，找到了一张照片。上面有我，有你，还有我妈妈。照片非常普通：我们站在海滩上，也没标日期，但我当时大概两岁。那天肯定很冷，因为我们戴着帽子，还裹着围巾。你和我妈妈在微笑。而我没有笑。我打小就抗拒假笑。看着这张照片，我发现你们当时的状态可以被它全部概括：不说全部，也至少能一窥端倪。那天，你觉得自己可以和我妈妈重归于好，甚至能回到从前。你可能心里想，如果不抛弃尚幼的孩子，只是和我妈分手，更能说得过去，也没那么可耻，不然就是纯粹的懦弱。不仅你这么想,你的咨询师也这么说。"恩里克,你想想,这世上最残忍的事莫过于抛弃。如果抛弃的是幼童,那就更残忍了。这会对小孩造成持久的伤害。你听我的话,先忍忍吧。凡是两个人相处,肯定有一个人要受更多委屈。婚姻就是这样。你要知道,只有和人相处,我们才能真正认识自己。所以你就先忍着吧。你老婆这么做也有她的苦衷。她父母早亡。她的不安全感严重到病态的程度,不过慢慢她就会好起来的。你们还很年轻,有很长的路要走。要多理解理解对方。婚姻就是这样:就像一局沙滩网球,最重要的是别让球掉到地上。要是她打个旋转球过来,你就得拼命去接。"他这么说。可是你既不会打沙滩网球,也完全懒得管球是不是会掉下来。你觉得自己很失败,因为你无法再爱我妈妈。你觉得自己很失败,因为你再也不想继续。不过,你也不会离开。之后你心想,人总得先搞清楚到底是谁的错,才能真正学会放手。另一方面,我妈妈也很后悔在你身上投资了这么多梦想、这么多计划。她也觉得是自己的错,很后悔怀了孕。其实,她一来阿雷格里港,就再没想过要做母亲。她脑中再也没有这种想法了。她不喜欢小孩。她学的是文学，但并不想教课。你们刚结婚那会儿，生小孩一事更是远在天边。你们并非从一开始就不爱对方，并非如此。但是，同居生活很快唤醒了一直折磨你们的各路心魔。更不要说我妈总怀疑你出轨，婚后她心里一直有这种恐慌。她的不安全感日渐堆积。所以，她每天都叫你汇报你的一天。所以，你就向她汇报，今天和谁谁在一起，和谁谁说过话，又在街上偶遇了谁谁。即使你努力把能想起来的全告诉她，她也不满意。你们第一次吵架还是在大学，那时你刚和苏埃伦分手，好和我妈妈在一起。可是，你和苏埃伦还上着同一门课。某天，我妈妈一看到你们正在讨论课上内容，马上暴跳如雷。你第一次见她这样大喊大叫。她说她不想看到你和那个婊子说话。而你说你俩根本没什么，只是同学而已。然而，吵完架你还是听了她的话，因为你心里觉得她说得对。在你眼中，恋爱意味着放开其他人的手，只和她在一起。于是你疏远了亲朋好友。你这么做是因为你很享受成为她生命的唯一。我妈妈也毫不在乎地放开其他人的手。你们两人成了一座孤岛。你马上就接受了她的观点：爱不是希望对方幸福，而是希望她能为你而死，为了你自我毁灭。你接受了她的交易，要成为她世界的中心。你接受，或许是因为你从未感受过如此完满的爱。从来没有人像她那样完全接受你，毫无条件，亦无局限。她的爱把你变得柔弱，而在此之前你的人生只是连续的深渊，只有不断的失败。现在，你有了她的爱，一种完美的爱，如同身处子宫那么温暖。然而这种爱也有代价：你不能和前女友接触，不能和其他女同学说话，也不能和女同事说话。她每天都偷偷翻你衣服口袋。要是你们一起出门，你连稍微往旁边瞟一下都不行，不然她就骂你"又想泡妞"。结果，才结婚没几个月，你就厌倦了她的束缚。一晚，家庭聚餐之后，你、我妈妈和你弟媳搭便车回家，你们夫妻俩和另一个女性熟人一起挤在后座。路上，我妈妈突然说要下车。大家都没明白怎么回事，当时凌晨三点，车行驶在空荡荡的伊皮兰加大街上。于是她又一字一顿地说："你——他——妈——的——停——车——！"车停了，你俩下了车。我妈妈开始在路中间对你大发脾气，说你在车里干吗老娘可清楚得很，你个狗娘养的。"你以为我看不见你俩在那儿抛媚眼儿，以为我白痴吗，以为我没看到你俩在晚饭的时候干了啥事？

啊？"你压下火气，说你谁都没偷看，说她这样是生病了，说你真的累了。到了家你俩还在吵，双方十分激动，什么难听话都甩了出来。那是你们婚后第一次切身感受到何谓地狱，也是你第一次离家出走。当时，我尚未出生，你们之间除了彼此没有其他羁绊，所以你即使离家出走也无所顾虑。那晚，在离家之前，你在客厅里辗转难眠，心想结这个婚真是大错特错。后来你想，这种错误一旦犯了，就得用一辈子承担后果。而我妈妈则在卧室里哭了一晚上，想来想去甚至觉得其实没那么大事，谁知道呢，说不定你没撒谎，你真没有和别的女人眉来眼去。然而，即使这是事实，我妈妈也死不道歉。对她来说，你最好根本不敢背叛她。你最好能明白她的厉害。或许她自己也不知道为何到了这种地步，不知道自己为何如此缺乏安全感。第二天早上，你一语不发提东西走人，去老朋友茹阿雷兹家找他诉苦，而她还以为你马上就会回来。过了三天，她哭着给你打电话，说咱们谈谈吧，说这日子不是人过的，说不能刚结婚几个月就这么吵架。说她以后一定改。说让她做什么都行。你答应了，因为你其实喜欢看她吃醋，更喜欢看她放下尊严求你回来的样子。而且，分开这么几天，你也想通了，两个人一起生活必不会轻松，你们需要长大，需要变得成熟。但你离真正的成熟还差了十万八千里。在你回家之后，我妈妈想着要一个孩子，给婚姻上一道保险，这样就不会孤单。她开始偷偷打起算盘。不过她并未发现，对她来说，成为母亲还是与同龄女性平起平坐的一种手段。她四处观察，看到自己已婚已育的朋友似乎一直好幸福。于是她想，你和她应该就是缺了一个孩子。从此以后，在她心里，成为母亲成了一种必须，是她成为完整女人的必须。

3

其实一开始,我妈妈和弗洛拉关系并不好。即使身处小牧场这种弹丸之地,即使没电视看也没东西玩,两个女孩也不怎么和对方搭话。一到玩耍时间,她们就抱着自己的玩具娃娃,各寻一处角落。每到下午,玛达莱娜要去学校教课,留下她们两个独处。只有在这种时候,我妈妈才慢慢了解弗洛拉的真实性情。她们真是水火不容。一天,弗洛拉把我妈妈的娃娃藏了起来,我妈妈只能在小牧场和整个院子里四处找。而她一开始哭,弗洛拉就拿着那个娃娃过来,把它扔在我妈妈脚边。看到自己最宝贝的塑料娃娃被这样糟蹋，我妈妈悲痛万分。她拿手背擦干眼泪，捡起娃娃，却发现它没了一条腿。弗洛拉指着牧羊犬莱卡。娃娃的腿已经被它嚼烂了。于是，我妈妈条件反射般地扑到弗洛拉身上，问她为什么要做这种事。弗洛拉拽住我妈妈的头发，两个女孩当即在地板上扭打起来。她们不一会儿就分开了，手上都抓着对方的一缕头发。半小时后，玛达莱娜回到家，看到两个女孩脸上胳膊上满是伤，就问怎么回事。弗洛拉抢着说她打我，天天都打我，我受不了了，她得滚出这个家。我妈妈说她骗人，她抢了我的娃娃，还把它腿扯断拿去喂莱卡。玛达莱娜听着她俩抱怨。她也想有耐心，但她太累了，一整天都在对付不好好学习的学生。她已经受够了不听话的小孩，已经受够了抱怨，受够了尖叫，受够了必须独自面对一切。她只想赶紧回到家，享受片刻安宁。于是，冲动之下，她抓住两个女孩的胳臂，把她们拖到院子里。"我一点儿也不想知道你俩干了什么好事。听好，你们现在是姐妹，得给我好好相处。你们要么互相道歉，拥抱一下和好，要么就待在院子里别想进屋。"说完，玛达莱娜转身进屋，关上了小牧场的门。两个女孩面对面啜泣。然后,她们在院子里各自找了一个角落蹲着。她们自尊心太强,过了许久也不愿道歉。尽管被空中第一声惊雷吓到,尽管早就想着抱一下算了,她们仍然待在各自的角落,仿佛只要两人一接近,就会火花四溅。玛达莱娜在窗边望着两个女孩。雨开始缓缓滴落,不一会儿,瓢泼大雨倾盆而下。即便如此,玛达莱娜还是没让她俩进屋。她们三个人在互相较劲。三人心里都清楚,必须有人先放下自尊,这大概也是她们的共存之道。就这样到了晚上,天更冷了,玛达莱娜发现,需要让步的是她。她拿了两条毛巾,打开小牧场的门,把两个女孩带进屋。她俩一言不发,只是擦干身体,坐在桌边吃晚饭。三人一片沉默,只有我妈妈的喷嚏声不时打破寂静。两个女孩吃饭的时候,玛达莱娜看着她们,心想自己怎么就干了这事。为什么已经有了一个女儿还要再领养一个?这么一想,她一时后悔做了母亲。吃完饭,她们就去睡了。然而,就在那天晚上,我妈妈差点死掉。起初,她只是发低烧,但很快烧到了四十度以上。外面下着大雨,她们又没有电话。玛达莱娜给我妈妈吃了片阿司匹林,又在她额头上放了块凉毛巾。看到如此光景,弗洛拉也担心起来。正在这时，我妈妈第一次抽风了，她的体温早已超过身体能承受的极限。抽风一过去，玛达莱娜就叫弗洛拉去邻居家求救。弗洛拉出了门狂奔，好像有生命危险的是她自己。到了医院，我妈妈被送进急救室。急救的医生说他也不确定她能不能活下来。一听这话，想到可能要失去我妈妈，玛达莱娜吓得魂飞魄散。如果真的变成这样，那就是她的错，全是她的错。因为，她本想给两个女孩一个教训，结果却做了如此幼稚的行为。不过，我妈妈康复得很快。惊魂过后，她们之间的气氛变了。她们发现，互帮互助实属必须。几个月后，两个女孩还是很难把对方当亲姐妹，但她们的摩擦在慢慢减少。她们明白，除了共同生活并无他法。一旦懂了这一点，两个女孩便开始更加关注对方。于是，有一次她们坐在沙滩上，弗洛拉看着我妈妈，没什么恶意地问她，为什么她的肤色更黑。这是第一次有人谈及她的肤色。一开始，我妈妈并不在意。然而，当她问玛达莱娜这个问题，后者竟不知要作何回答。大概玛达莱娜自己也没想过这种事。然后，她只说这是因为你爸爸妈妈是黑人，所以你皮肤也是这个颜色。我妈妈点了点头。玛达莱娜认为自己解释得有点少,又补充说,她的肤色并没有特殊意味。"每个人都各有特点,千万别因为自己是黑人就任凭别人贬低你。"起初,我妈妈并不懂玛达莱娜为什么要如此强调这件事,于是好几天都想着"黑人"一词。之前,她是玛莎,或者小玛莎。而现在,只是因为问了个问题,她就成了黑人玛莎。她的皮肤得到了命名,她好像也有了个姓氏。而且,夏天一来,她的皮肤被太阳晒得更黑。这个时节,海滩满是游客。我妈妈当时十三岁,一个老得能当她爷爷的男人说她真是个性感混血小妞儿。听了这话,我妈妈十分震惊,从没有人这么说她。她觉得很恶心,因为她压根没想过自己的身体和肤色能在这方面吸引男人。就这样,她又有了一个随她一辈子的称呼:混血妞。也正是这个时期,她发现自己的乳房变大,双腿和屁股也开始长肉。她的身体好像吃了发酵粉,不听使唤地成长,叫她不知如何是好。于是,她尽可能遮住身体,学着玛达莱娜穿连体泳衣。她怕又有老男人,哪怕是小男孩,来评论她的身体。所以,到了夏天,两个女孩更喜欢去瀑布玩,那里没什么人。弗洛拉一直想去找河的源头,但玛达莱娜禁止她们去,因为太危险了。

若是溯流而上，石头会更大更陡，上面还有湿滑的青苔。然而，对这两个正值成长期的女孩来说，无论是小牧场、院子，还是整个石丘，都已经显得太过狭小。那天下午，她们不顾玛达莱娜的警告，决心去找瀑布的源头。其实，她们也不确定能不能找到，但就是想看看自己究竟能走多远。她们已经到了挑战大人权威的年纪。一开始，她们沿着瀑布攀爬，没遇到什么困难，甚至觉得玛达莱娜在吓唬她们。然而，再向前走，确实出现了更大更陡的石块。她们没有任何支撑工具，只能竭尽全力抓住石头。途中，弗洛拉手一滑，摔破了膝盖。我妈妈说到这里就好了，咱们可以回去了吧。但弗洛拉说她可不回去。"你真是个胆小鬼。"弗洛拉说着，继续往前走。为了显得自己也很勇敢，我妈妈也跟着她走。约莫一个小时过去，她们时而攀升，时而摔落，冲破碎石乱枝的重重阻碍，终于接近了河源。可是，一堵石壁挡住了她们的去路。她们身处险境：一边是瀑布，一边是悬崖。她们回头看看下面，发现原来已经爬了这么高。弗洛拉这时才害怕起来。然而，她心想不能让之前的努力白费。现在，只需战胜悬崖边缘的这一小段路。我妈妈和弗洛拉说，你爱怎么说我就怎么说,但你肯定过不去,你要是想就这么稀里糊涂死了,那也是你活该。我妈妈还说,我可是要回家了。弗洛拉耸耸肩,继续前进,朝悬崖走去。她爬得很艰难,但没有放弃。我妈妈坐在一块石头上,焦急地望着。在绕着石壁攀爬,直面悬崖的时候,弗洛拉发现,一旦走错一步,就会丢了命。所以,她谨慎地一点一点挪动。慢慢地,她消失在我妈妈的视野中。我妈妈站起身,走到悬崖最边上,可还是看不见弗洛拉。于是她又回去石头上坐着。她刚一抬头,就听到弗洛拉一声尖叫,然后,一片死寂。我妈妈又回到悬崖边,喊着弗洛拉的名字,却没人回应。太阳刚开始西沉。我妈妈又叫了一声弗洛拉。静默无声。一种狂乱的勇气驱使着她,叫她豁了命去冒险。她害怕跌落深渊,但现在,恐惧已经拦不住她。她必须往前走。她又叫了一次弗洛拉。又是静默无声。只听见河水的喧嚣与群鸟的振翅。然而,攀爬途中,她手一滑,差点摔下去。这时,她清楚不能再向前了。不能再走了,她告诉自己。她满眼泪水地爬下去,还呼唤着弗洛拉。没有回应。沉寂让她惊恐万分。她已经开始做最坏的打算:弗洛拉可能掉下去摔死了。这一念头攫住了她,叫她心如刀绞,几近呕吐。于是,她决定回去求援,因为这附近无人居住。她必须原路返回,走一会,停一会,想着或许能听到弗洛拉呼救。但她什么都没听见。夜幕降临,下去的路也愈发难走,而在她脑海中,弗洛拉摔死的影像那么清晰,她甚至觉得自己真的看到了摔死的弗洛拉。回到家,她气喘吁吁、心急如焚,好不容易才冷静下来,跟玛达莱娜说出了什么事。玛达莱娜根本没时间做祈祷,马上叫来邻居洛蕾娜和她的丈夫奥斯卡。路上,他们觉得情况危急,便又喊上几个邻居。有人建议叫消防队,弗洛拉可能卡在哪个犄角旮旯里了。可玛达莱娜不愿意,因为一旦叫了消防队,就意味着她承认最坏的结果已经发生,就意味着她承认自己的失败。她很想相信弗洛拉只是迷路而已,马上就能找回来。那时,我妈妈已经不哭了,有玛达莱娜在身边让她安心了些。玛达莱娜的勇气感染了她。一边往前走,玛达莱娜一边对自己说,弗洛拉没事,什么事都没有,她反复喃喃着,弗洛拉只是走丢了。只是走丢了。然而,罪恶感涌上心头,玛达莱娜质问自己:你是怎么当妈的?居然让两个小女孩自己跑去瀑布玩,你是怎么当妈的?小

| 里 |

孩这么不听话,你是怎么教的?她心想,真是昏了头才要小孩,就应该有人拼命劝,说千万别生小孩,可别这样对自己。然而,还没等她内疚完,洛蕾娜的丈夫奥斯卡就找到了弗洛拉,把她抱了回来。女孩平安无事,就是膝盖还在流血。她没办法站起来,可能是脚踝骨折。玛达莱娜紧紧抱住她,说"感谢上帝,感谢上帝"。我妈妈也跟着这么做。也许,正是这次拥抱让她们三人终于明白,她们是一家人。弗洛拉说,她绕着石壁爬过去,脚一滑掉进了河里。爬上岸的时候扭到了脚。然后,她艰难地往山丘的另一侧移动,直到没了力气,坐在原地等待救援。这时候,奥斯卡找到了她。几天之后,看着病床上一条腿打满石膏的女儿,玛达莱娜想到以前因为这两个孩子遭的罪。什么意外啦,生病啦,都能列一大串。于是她又想起这两个女孩子干过的好事,回想起来,这些事都可能让她们死掉,或者留下什么后遗症。比如,我妈妈光着脚在街上乱跑,一片玻璃划破了她的大脚趾,结果缝了五针。弗洛拉更不用说了,她七岁的时候,一个人在广场上荡秋千,结果荡得太猛,摔了个狗啃泥,眉骨磕断了。还有,她俩有一次被蜜蜂蜇得全身肿胀,玛达莱娜差点以为她们会死。过了几天,想过这两个女孩叫她受的所有罪,玛达莱娜还是不想承认,自己其实已经后悔当时说根本不需要鲁本。但她心里还是觉得自己当初的提议并不公平。她想:不就是这样吗?他搞出了一个小孩,结果这么多年既不管也不问?就他这德性,还装出一副浪漫好男人的样儿。怎么能这样啊。他鲁本其实就是个狗娘养的混蛋。玛达莱娜反复骂着"狗娘养的",结果被两个女孩听到了。她跟她们说对不起。另外,她还十分内疚,因为每次弗洛拉问起爸爸,她都得扯谎。有一天吃饭,她把餐巾扔在桌上,说马上回来。她边走边自言自语:根本不公平。根本不对劲。自己在天真年少时提出的所谓"交易",不该持续一辈子。即便体型肥胖,她还是走过陡峭的山路,穿过愈发茂密的丛林,很快就上了山。她还没组织好语言,也很少像这样冲动行事。她可能只会跟他说,我就是觉得这很不公平,我要和弗洛拉说实话。你呢,你可是弗洛拉的父亲,应该对她负责。我不是纯为了钱,还要你有点担当,去爱她、关心她,和我一起教育她,在她发烧生病的时候帮忙照顾她。然而,快走到鲁本家,她又改了主意。她没这么大勇气。玛达莱娜坐在一块石头上歇息，发现四下无人，就哭了起来。此时此刻，她真正放弃了鲁本，放弃了要让他做弗洛拉父亲的想法。完全放弃了。她转身回家，要把这事忘个干净，还觉得自己真是幼稚。回到家，两个女孩正在一起玩。玛达莱娜问她们要不要一起去海滩。我妈妈觉得很奇怪，因为虽然她们就住海边，但也很少见她突然说要去海滩，午饭都还没吃呢。玛达莱娜和我妈妈搀着还打着石膏的弗洛拉。下山去海滩的路上，弗洛拉问妈妈你去哪了。我去办件事，她说。那办好了吗？办好了，她温柔地回答。那天，她们没有去海里玩，只是面朝大海坐着。那时她们尚不知道，在往后的岁月里，这一场景会反复重现。无需任何言语，只听着浪涛在沙滩上碎裂。

4

我九岁的时候，有一次你问我上帝是什么。我记得那时我们正走在街上，想找个阴凉地休息。天很热，虽不是酷热难忍，但也够我们受的。我们在树荫里找了张长椅坐下，你望向脏乱广场上低头觅食的鸽群，问我："佩德罗，你知道上帝是什么吗？"而我压根不懂你干吗要问一个九岁小孩这种事。我记得当时我刚看完一本讲吸血鬼、神话传说和恐怖故事的书。所以，当你问我上帝是什么，我想说我不知道。可你不喜欢我说不知道："儿子，我们不可能什么都知道，但决不能回答你不知道。

你应该说你需要时间，需要再想想。"然而那天我并不想思考。天那么热，我又只有九岁。不过，我想起那本讲惊悚故事的书，就说我觉得上帝是住在天上的鬼魂。听到这话，你惊讶地望着我，面容焕发喜悦的光彩，就好像我一语道破了天机。而现在，我大概能明白你当时为何如此动容。随着我的成长，你提的问题也越变越难。说实话，有时候我并不想深入思考。我只想和其他孩子一样，同自己的父亲玩耍。然而，我现在清楚，你这是在帮我做好准备。你总说黑人必须抗争，因为白人几乎夺走了我们的一切，我们只能依靠思考。你说："我们必须保有内在，在黑色表皮之下，看不到的内在。因为肤色很快就会侵蚀整个身体，塑造我们于世间的存在。不论肤色对你的生活影响多大，不论它对你的生活态度、生活方式影响多大，你也必须想方设法在心里保留一些与肤色无关的东西，懂吗？因为在肌肉、器官和血管之间，存在一个只属于你的、与世隔绝的空间。你的感情就住在那里。我们能活下来，正是因为有感情。"我还记得当时你拼命想让我听懂。那时我还小，也没太搞懂你想表达什么，但看到你眼噙热泪的模样，我就明白这些话至关重要。

5

维托尔是玛利亚太太和阿尔明多先生的独子，他们家也是石丘最早的住户之一。这对夫妻已然年迈。而维托尔，昵称小维托，上个月才满十七岁。大家都说这孩子虽不爱学习，但很勤劳。他每天早起去父亲的仓库里帮忙。当时，每逢周日下午，我妈妈和弗洛拉不再一起去，而是分头去广场。广场是当地最主要，或者说唯一的娱乐场所。正是在这里，我妈妈和维托尔对上了眼。每次看到他经过，她就装作不认识他，其实他们认识对方，但不搭话。就好像我们虽然看到了一个熟人，但出于各种原因不找他说话一样。那时候，我妈妈更愿意继续和露西娅聊天。露西娅十七岁，马上就会变成我妈妈最好的朋友。露西娅是个活泼有趣、放浪形骸的姑娘。她和石丘的好些男孩谈过恋爱，也不再是处女了。她不害怕展露自己的身体。我妈妈月经初潮时，也是露西娅来安抚她，跟她说这种事每个月都会有一次。尽管这话玛达莱娜早就说过了，但是露西娅让她更加安心。其实，在石丘的生活有时会很枯燥，也没什么好玩的活动，所以当地年轻人只能自己找乐子。有些人去河里游泳，有些人去瀑布玩水，还有人抽大麻吸可卡因作为消遣，比如维托尔和一些小伙子。露西娅带我妈妈抽了人生第一支烟。那天，我妈妈回到家，玛达莱娜闻到她身上令人作呕的烟味，便质问她。可我妈妈说，我干什么你管不着。于是，玛达莱娜搬出大人教训叛逆小孩的那套说辞："你在我家住，就得听我的话，这个家我说了算。等你有钱养活自己了，等你能自己付账了，你爱怎么抽烟就怎么抽。"一听这话，我妈妈直接摔门离开小牧场，完全不理玛达莱娜在后面大喊"你给我回来"。后来，只有我妈妈和弗洛拉两个人的时候，弗洛拉说你笨蛋吗，烟味都不盖一下，你又不是不知道她在这方面管得严。而我妈妈说，我才懒得遮遮掩掩的，真烦死这个鸟不拉屎的地方了。我想看世界，还要学习，去考个大学。弗洛拉说，我也想走，就是不知道怎么办好。咱可一分钱没有。妈妈整天在学校里浑浑噩噩地教书，咱也过不上好日子。而且在这儿也找不到工作。两个女孩想展望未来，却根本看不见未来。理想注定被现实踏得粉碎。不过，既然没什么希望，我妈妈就去找露西娅玩。她第一次吸大麻也是和露西娅一起。她第一次吸的时候什么感觉也没有，完全没有他们说的那么爽。她俩只是笑得花枝乱颤，胡言乱语了一阵儿，不过如此。然而，第二次吸大麻，我妈妈还喝了一小口伏特加[1]，结果难受了一整天，还差点昏过去。好在露西娅把她带回家，她一吐完，两人又笑得前仰后合。我妈妈每次晚归，都会和玛达莱娜吵上一架。所以，我妈妈能不在家待着就不在家待。一天，去山脚那个广场的路上，我妈妈又和维托尔擦肩而过，此时他才鼓起勇气和她搭话。他非常紧张，但依然开口说，每次路上遇到你，我都想和你说说话。我妈妈说，我也想和你说话。但其实，那个时候两人都很胆怯，并没有什么话讲。

1　一种烈酒。

即便如此，维托尔还是趁热打铁，说等会儿我和我哥们要去沙滩开派对，你要是想来那就太好了。我妈妈说会过去看看。和他别过，她的嘴角还荡漾着一抹微笑。她又经过露西娅家，和露西娅讲了刚刚的邂逅。露西娅说，虽然我觉得他这人有点无聊，但他长得倒是挺帅。她们大笑。到了晚上，两个女孩去参加海滩派对。我妈妈身着白色针织长裙，显得楚楚动人。维托尔一看到她，甚至有些手足无措。不过，来派对之前，露西娅已经教过我妈妈怎么对付男孩子。她说这法子准没错："一开始，别让男生发现你也有意思，你越矜持，男生就越爱你。但是呢，也别让他离开你的视线。如果他过来找你说话，你别显得自己很闲，也别太在意他，就说你要去跟朋友说几句话，之后咱们再聊。千万注意，可别派对一开始就和他黏在一起。顺其自然发展就行。你要让他觉得，他是有竞争对手的。"这时候我妈妈插嘴："可是没人和他竞争呀。"露西娅说："宝贝儿，别在意这些小细节，他又不需要知道实际情况。"然而，即使露西娅教了她这么多，我妈妈还是一点儿也做不到。她就是个新手，玩不来复杂的恋爱博弈。结果，不出十分钟，刚播完几首流行金曲，我妈妈和维托尔就已经无话不谈了。他们搬出各种话题：学校、老师、石丘的生活……派对尚未过半，他们就接了吻。从那天起，在我妈妈眼中，一切都不一样了。和维托尔的恋爱让她从某种意义上与石丘和解，好像她在这里有了全新的生活方式。从一开始，他们就像是天造地设的一对儿。他们持同样的观点，喜欢同样的音乐，还有同样的笑点。维托尔的父母鼓励他们恋爱，因为他们觉得我妈妈虽然是黑人，但是个好姑娘，人长得也好看，应该也能给他们生漂亮的孙子。玛达莱娜起初对这段闪电恋情持怀疑态度，但过了几周，她也开始支持他们，毕竟我妈妈已是亭亭玉立的少女，也该谈个恋爱了。但另一方面，玛达莱娜觉得很孤单。两个孩子已经长大，不再像以前那样依赖她，做什么事好像都毫无意义。她想过重拾学业，但又没那个精力。她审视自我，问自己，经历了这么多事，结果就只有这样吗？与此同时，我妈妈和维托尔的感情迅速升温，甚至谈及结婚一事。因此，我妈妈疏远了她最好的朋友露西娅。过了一段时间，她们不再见面。谈了大概六个月恋爱，我妈妈才和维托尔发生性关系。有很多原因，但最大的问题是没有合适的地点。我妈妈没办法趁玛达莱娜去上班,在小牧场和维托尔亲热,因为她觉得这是对玛达莱娜的不尊重。而且,她也不想冒被弗洛拉撞见的风险。维托尔的家就更不用说了。他家在仓库深处,总有人进进出出,根本不可能长时间独处。另外,我妈妈还是处女,不想自己的第一次就随便在哪里凑合。维托尔并不催促她,他们也不会把性事拿到台面上讲。但在拥吻的时候,她感觉到他短裤下面的胀大,他也紧紧抓住她的臀部。她的第一次是在一个下午,在维托尔的朋友鲁道夫家。他家并不是完全没人,因为鲁道夫还和他八十三岁的奶奶同住。她不仅一只耳朵聋了,而且腿脚也不好,每天就待在卧室里,开最大音量看电视。于是,维托尔问我妈妈,你看这样咱们能不能一起待一下午。她答应了。虽然维托尔没有明说,但两人心知肚明,他们会在那天发生关系。鲁道夫把家门钥匙给了维托尔。大约下午两点,维托尔和我妈妈到了鲁道夫家,进了鲁道夫奶奶卧室旁边的房间,那里还能听到电视节目《经典再放映》[1]的过场音乐。起先,我妈妈一想到做爱时隔壁卧室还有

---

1 Vale a Pena Ver de Novo,巴西电视节目,专门播放经典电影。

个老人，就觉得不太自在。接吻之后，她才慢慢放松下来。经过一番爱抚，他们脱掉彼此的衣服。维托尔很心急，我妈妈也想要，但实际上没她想得那么舒服。其实，她有点失望，因为他们结束得太快了。办完事，我妈妈出了一点血，不过维托尔早有准备，拿了条毛巾垫在床单上。于是，毛巾上留下了一个小小的深红色圆圈，这是他们结合的印记。虽然维托尔说他知道怎么避孕，也不会让她怀孕，但我妈妈不太相信。她非常害怕怀孕。要是这时候生了小孩，她宁愿死了算了。她记得很清楚，有位表姐因为避孕套破了而怀了孕。那之后，她不再相信这一小条带润滑的橡胶能有什么效果，所以每次做爱，她都没法完全放松。我想，应该是在几年之后，在我妈妈和若泽·路易斯恋爱的时候，她才第一次体验了高潮。过了几个月，她开始吃避孕药。此外，在这段恋情中，维托尔和我妈妈必须习惯这种没有多少隐私的情况，也大概因此，他们结婚的愿望更加强烈。

6

一天,你收到你父亲的死讯,却不知作何反应。你们不曾共同生活,他对你来说是个完完全全的陌生人。这么多年过去,你还是无法克服这一伤痛。于是你向学校请了假,去了里约热内卢。你坐了将近二十四小时公交。机票对你来说还是太贵了。那天阳光明媚,又悲伤无比。你不知道能不能赶上下葬。其实你压根不想去,只是借机暂时逃离教师生活。路上,你戴上耳机,一边望着窗外风景,一边听伊塔马尔·阿孙普桑[1]的《文化熔

---

1 Itamar Assumpção,巴西黑人音乐家。

炉》,还有米尔顿[1]的《致新生》。你就一路循环播放这两首歌。到了里约,你打电话给同父异母妹妹伊莎贝尔。这通电话奇怪得很,虽然你们不熟,但死亡却强行让你们彼此亲近。你们体内只是流着同一位父亲的血。"他们已经把爸爸带去墓园了。"伊莎贝尔的声音中透着疲惫。你不知道她这么累是因为一手操办了父亲的丧事,还是仅仅因为厌倦了生活。伊莎贝尔告诉你去墓园怎么走。你父亲享年七十五岁。之后,在父亲的死之后,你开始思考自己的死亡。父亲正是在你目前的年纪一走了之的。你母亲必须想方设法过活。于是,整个童年,你都看着你母亲拼了命生存。根本没时间哀伤。四岁的你还不懂"挨"字什么意思,也不知道你一辈子都会这样生活。这么多年,你的人生意味着挨过贫穷、挨过种族歧视、挨过父爱的缺失。每次扛着一堆试卷和作业回家批改,你都会想,我本可以走另一条路。你想起自己以前还想当建筑师,梦想着另一种人生——舒适自在多一点,艰难险阻少一点。这么想着,你打开冰箱,发现里面又是空的。你要去洗个澡。虽然是大热天,你还是开了热水,

---

[1] 米尔顿·纳西门托(Milton Nascimento),巴西黑人音乐家。

任它淌过身体，叫你沉入冥思。你想起母亲在淋浴喷头下教你洗澡。她说，你已经是大孩子了，应该学着好好洗洗小鸡鸡，擦擦屁股蛋儿，搓搓耳朵后面啦。你被母亲的话逗得哈哈大笑。但你不久便会发现，大笑并非易事，而且也不能经常哭鼻子。你小小年纪就明白，你一哭只会让母亲更加脆弱。于是你尽量不哭。你要在心里哭泣。你和母亲两人相依为命。你还小的时候，她不得不把你放在托儿所，好去面包店工作。你们每天都得清晨五点起床。你还记得第一次去托儿所时，母亲向你投来悲伤的目光。也许当时她并不悲伤，可你就是这么记得的。然而，没过几天，你就明白了何谓疼痛。不是说此前你就没感觉过疼痛。四岁那时，你印象中特别疼的就只有腹绞痛。可是，有那么一天，剧痛会贯穿你脆弱的身体。等你开始学走路，疼痛还可能成为常态。不过，在幼儿时期，你痛过也就忘了。于是，你无忧无虑地跑呀，跳呀，疯呀。长大成人之后，有时你好希望能找回这天真烂漫，天不怕地不怕的感觉。然而，随着年龄增长，你也愈发容易感到痛楚，这限制了你的自由。结果，你活着只是为了想方设法避开疼痛。你囚禁了自己的心，对疼痛的恐惧日复一日将你折磨。然而，四岁的某一天，门缝夹着你的手，叫你初次尝到如此剧烈的肉体疼痛。虽然很难说，但你对疼痛的恐惧也许正始于此。不过，你也确实在四岁的这个时候，才对疼痛有了全面的认知，也对疼痛的过程有了认知：受伤之后，不会立刻就疼，疼痛不具有即时性，但具有回音，随心律剧烈振响的回音。你的整个生命都浓缩在这一小块"尖叫"的肌体之中。你当时不懂，但后来发现，是有人故意要你疼。你后来才明白，托儿所那几位女老师用门夹你的手指不为别的，只是纯粹的恶意。她们就想看你能忍到什么时候。以后，你还会遇到更多这种人：他们就想看你还能走多远，看你还能撑多久。为亡父守灵的时候，你尽量不靠近棺材。你们之间的事还不算完。不过，你与我不同：你无需面对他的遗物，不会走进他住过的家，也不用解开任何情感之谜。你最后一次见到父亲的时候，才刚满一岁。一岁。你走近死者，口齿不清地嗫嚅。你斜眼瞟着他，反复叨念："一岁。"经历了父亲的离家出走，经历了手指被门夹住的剧痛，经历了托儿所老师不给你饭吃的恶意，"一岁"是你在亡父面前唯一能挤出口的两个字。你就

| 里 |

这样减轻自己的罪恶感。无论如何,你还会感觉内疚,因为你明明站在亲生父亲的棺材前面,内心却毫无波澜。其实,你的冷漠太正常了。你的妹妹在哭。但你没哭,你漠不关心。不过,你还是努力装出同情的样子来。可是,死亡这种事过于普通,你装不下去了。这么说吧,你就相当于站在一个陌生人面前。不管有多深的血缘,你也毫无感觉。几分钟后,一位胖妇人来了。她走到你妹妹跟前,说节哀顺变,然后相互拥抱。接着她又朝你走过来,但你一点儿也不想和她拥抱。其实你谁都不想拥抱,但你也没办法。不一会儿,你就嗅到她甜腻的香水味,感到她抚摸你脸庞的手,听到她动情的声音:"孩子,你要坚强啊。"死者下葬后,你妹妹伊莎贝尔把女儿莱蒂西娅介绍给你。你之前只见过她的照片。你们打过招呼,外甥女一脸好奇地看着你。你想自己和伊莎贝尔长得一点都不像,但小外甥女的脸庞却和我的有几分相似。莱蒂西娅十三岁,神态活泼,看不出她失去了外祖父。伊莎贝尔坚持要你来她家住几天。"我家是有点远,不过很安静。"你本想婉拒,因为你已经订了卡特特[1]的酒店,

---

[1] Catete,里约热内卢的一个街区。

而且你也不擅长和陌生人相处。虽然你是个老师,虽然每天都要面对一大群人,可是,一旦离开学校,你就无所适从。你取消了酒店预订。你妹妹住在坎普格兰德[1]。旅途很漫长,但你并不介意。你们坐的公交里有空调,可以休息休息,凉快凉快。你一直害怕陌生的景色,但窗外的风景却意外地眼熟,好像你曾经来过这里,处于相同的场景一般。你妹妹问你,南边的夏天怎么样。你说,特别热。你们没聊什么东西,只是在为之后讨论重要事项打个基础。你觉得外甥女连说话方式都像我。每次她看向你,我的影像就清晰地在你脑海中浮现。一时,你从钱包里拿出我的照片给妹妹看。她赞叹道,他俩还真像。你们相视而笑。在你人生的这一刻,我还只有七岁,尚不谙世事。要想理解父母的举动,需要很多年,有时甚至需要一生。于是,你问妹妹究竟怎么回事,父亲怎么死的。伊莎贝尔说他死前已经住院一个月了,人本来就虚弱,还成天受尽针管和各种仪器折磨。妹妹的话稍微触动了你,但你不知道在一个痛苦的人面前该如何是好。那晚你接到埃莉萨的电话。她说你父亲的事我

---

[1] Campo Grande,里约热内卢的一个街区。

很遗憾。你说没事,都还好。你说其实过了这么多年,跑这儿来更多是为了看看我妹妹。你还说,哪有不伤心的葬礼呢。不过你别担心,我好得很,马上就回去。

7

你和我妈妈刚开始同居的时候，谁也没想到最后会落得如此结局。你无视了一切危险信号，而我并不责怪你。我也不怪我妈妈，但我还是很难理解为什么你俩都这样了还要把我生下来。我也明白，我之所以能来到这个世界，都得感谢你们当时的决定。其实主要是因为我妈妈从妇产科医生那里听说生命节律的概念，十分震惊。"三十五岁是个关键年龄，这之后再怀孕就有风险了，咱也不想因为怀孕太晚，结果生的小孩有毛病，是吧。所以呢，你要是想当妈妈，那就立刻马上。你去和你老公商量一下。有子是福，孩子对你婚姻也有好处。"我妈妈看着医生，真的很想哭，因为你们压根没有要孩子的条件。你们只会在感情沼泽中挣扎，没办法稳定心态。就像在走钢丝，爱情的钢丝晃来晃去。那时候，你至少已经二度离家出走，但最后还是回了家，因为，之前我也说过，你不知该如何离开。每次回家后，你们就和平一阵子。可是，一次你们吵架，我妈妈拿椅子砸你，你又觉得这太过分了，于是离家出走。这次，你好像真的走了。你们第一次分开这么久，大概有三个月还多。你路上偶遇中学同学马西娅，就趁这段时间和她偷情，而我妈妈则与翻译公司的同事埃利塞乌好上了。埃利塞乌早就看上了她，她也不时对上他的目光。然而，你们每次和别人做爱，都感觉既空虚又悲哀。仿佛在尝试用性爱疗愈婚姻的失败。于是，过了四个月，你们通了电话，甜言蜜语了一番，说些好爱你好想你的俗套情话，然后马上见面。你们望着对方，才发现如今早已不似从前。但你们还非要抓着这段关系不放。你也不清楚怎么就和好了，不过你们心里清楚，很大一部分原因是性吸引力。并不是说婚姻中最重要的是性爱——虽然它的确重要，而是说你们之间的性爱从来不成问题。你们在一起一直在做爱。即使在关系最差的时候，即使明知这段婚姻摇摇欲坠，你们还是能上床。这可能有点反常，毕竟大多数人结了婚就慢慢失去了性欲。原因很多，要不就是工作太累，得起早贪黑，要不就只是看腻了对方的身体。有时你心想，肯定有一些夫妇，虽然早就停了性事，但依然在一起，相敬如宾，睡觉前握住对方的手，柔情脉脉地凝视睡着的他或她。你觉得这样也挺好。然而，你和她并非如此，熊熊欲火似乎从未减弱。所以，回家来是件好事，因为这样你们就开始觉得还能重归于好。所以，你们想通过性爱来确认，外部因素无法对你们的二人世界造成任何影响。所以，你一旦有了抛下一切的冲动，就会思忖和我妈妈一起生活的好处。当然，除了性爱以外，你们俩还都是黑人，这是个很大的加分项。因为从一开始，肤色就不会造成问题。毕竟，你们走在街上的时候不会觉得不适，要是进了商店或餐馆，也没人用惊诧好奇的目光打量你们。你们是同一种族，所以人们不会大惊小怪。我妈妈也轻松融入了你的家庭，比你想得还容易。只有我奶奶心存疑虑，即使我妈妈也是黑人，但看到儿媳发号施令,而你百般顺从的光景,她就觉得这个女人不能信任。但刨去这一点,肤色不会带来问题。有时,你看着街上手牵手、一脸幸福的白人情侣,心想,他们有没有想过,为什么自己的伴侣是白人而非黑人。你又想,这对白人来说可能根本不是问题。不过,我妈妈的成长环境不是黑人家庭,所以对种族问题有不同见解。对她而言,探讨种族主义本身就会强化它,而它早就该消失在历史长河中了。而且,论及肤色也只会助长种族歧视。于是,种族问题成了你们生活中又一个麻烦。一开始,你试着说服她,说阿雷格里港是全国种族歧视最严重的城市,咱这样的黑人夫妇活得可不容易。我妈妈却说你屁事也太多了,干吗老是可怜自己?恩里克,人生就是这样,该面对的总得面对。咱们要向前看。我可没从黑人运动捞到一分好处。黑人运动就觉得,所有问题都在于肤色。他们忘了,当黑人女性比当黑人男性可差得远。你们这些黑男人,有时候觉得哎呀问题解决啦,我们黑人都同甘共苦,而种族主义也成了你们不管女人死活的遮羞布。我倒想知道,我十三岁在海滩上被性骚扰的时候,黑人运动在干吗?我妈喝醉了结果横尸街头,黑人运动又在干吗？我倒想知道，怎么就没人关心她，怎么就没人关心她的孩子。我妈酗酒是为了逃避现实。当时是二十世纪八十年代，她一个黑人女性，要养活四个小孩。整个社会都不给她活路，不给我们活路。要毁了她简直太容易了，你懂吗？因为有时候我们真的累了，撑不下去了。她之所以还撑着这个家，不是因为黑人运动那些理念，而是因为她喝酒，一瓶又一瓶地喝。我不是说黑人性什么的不重要，不是这样的，但是黑人运动直接把所有黑人塞到一条船上。黑人群体不是铁板一块。我们之间并不平等。你听了我妈妈的话，觉得她说的有点道理。不过，你并不认同她所有的观点，因为你觉得我妈妈把一个本质上在社会秩序结构层面的问题，拿到了个体层面讨论。尽管如此，尽管都已经摆明了观点，你们两人还是无法相互理解。每次你们出去看电影或者去公园玩，你就会来一句"这儿只有咱俩是黑人"，我妈妈觉得很烦，说所以呢？即使黑人多了，这戏也不会演得更精彩，这电影也不会变得更好看。一听这话，你气得要命。结果，你们又吵得不可开交。回到家，吵过最后一架，你们商定了两件事：

1. 决不谈论种族问题;
2. 去做婚姻咨询。

8

我妈妈和维托尔结了婚,但不是正式结婚。他们只是决定要一起住,因为我说过,只有这样才能有私人空间。他们的家在仓库深处,就在维托尔的父母隔壁。那是一个小木屋,内有四气烤箱灶,双人沙发和一张大床。这就够了。拥有的东西少,共同奋斗的动力就足。石丘还是那个石丘,但在我妈妈眼里,世界变得那样新鲜。结婚让她的生命有了新的意义。起初,两个人做了很多计划:想以后离开这里,搬去弗洛里亚诺波利斯,还想组建一个家庭。维托尔说他想要三个小孩。我妈妈开怀大笑，觉得自己好幸福。而且，一想到可能造出小孩，他们就更加兴奋。几乎每逢周末，他们都要做爱。维托尔一边高潮，一边说我要让你怀孕。她也说：快让我怀孕，让我怀孕吧。然而，她还在吃避孕药，因为即使很兴奋，即使渴望做母亲，她依然觉得还不到时候。而且，在内心深处，她对怀孕仍抱有恐惧。此外，她也想有自己的房子，或许还有机会上个大学。可是，维托尔说自己急着当爸爸，想早点建立家庭。她微笑，心想这就是爱。有一天，婆婆玛利亚太太过来找她。她敲了敲门，说想进来坐会儿。两人边喝咖啡边吃小饼干。玛利亚太太说，你来和我们住，我很高兴，我拿你当女儿看待。但是呢，咱也得商量点事，就比如家务分配这方面。我妈妈说家务都是她一个人干，维托尔就在仓库和公公阿尔明多一起做活。不等她说完，玛利亚太太就打断她，说得更直白了：我不只是说你们家的家务，我是指全部家务。说着，她夸张地挥了一下胳膊。你现在是家庭的一分子，也就是说你也得帮助你公婆做做家事。像你这样强壮的混血小姑娘肯定帮得上忙。于是我妈妈说好吧，说她觉得自己确实是家庭一分子。玛利亚太太道了谢，说咱俩肯定会处得很好。而当维托尔干完仓库的活回到家,饭菜已经好了,他一坐下就能吃饭。然后他们洗澡,做爱。这种日子持续了几个月。有一次,玛利亚太太提醒他们注意点,晚上别太大动静,咱们可是有脸面的人家,咱家又不是淫窝。她还说,你之前在外面浪,叫这么大声没事,但在这里可得放尊重点儿,因为咱是坚持去教堂、恪守道德的基督徒。一天晚上睡觉之前,玛利亚太太跟丈夫说:我早就听说黑女人就这样,但像她这样真是太过分了。我妈妈什么也没说,可能是因为有些不知所措,也可能是尚无反驳的冲动。然而到了夜里,在一次几乎无声的性爱之后,他们躺在床上,这时我妈妈开始跟维托尔抱怨。他耐心地听着,然后大笑,想着大事化小,小事化了。他说妈妈说的也有道理,毕竟他们住的是她的房子,所以也得守她的规矩。我妈妈想反驳,但又觉得还是沉默的好。几个月过去,我妈妈很快就厌倦了妻子的日常:

6:30 给阿尔明多老爹和维托尔做早饭,他们七点半开仓库;

8:30 喂鸡,还有一对她怕得要死的鹅;

10:00 准备加餐，并给维托尔送去；

10:30 清扫玛利亚太太的房子、院子，还有自己家里；

11:00 和玛利亚太太一起准备午餐。她们时不时去菜市场，一周两次。拎东西的总是我妈妈，因为玛利亚太太说她有脊椎病，没法拿东西。后来我妈妈才发现她在说谎。她还用同样的脊椎病借口，使唤根本不擅长料理的儿媳做午饭。

14:00 洗碗，擦盘子，去屋子里面看看八卦杂志；

15:00 再给维托尔做一顿加餐；

16:00 玛利亚太太出门和朋友聊天，让我妈妈洗厕所，或者擦地；

18:00 给公公和维托尔准备下午的咖啡；

20:00 仓库关门，我妈妈得摆饭桌、做晚餐；

22:00 洗碗；

23:00 洗澡，周中他们已不再做爱。

一天，我妈妈跟维托尔说，我想要自己的房子，咱们得搬个家。维托尔说，但这里就是我们的房子呀。我妈妈说，我可不觉得。还说，玛利亚太太把我当女用使唤。宝贝儿，没这么夸张啦。他一边说，一边抱着她，爱抚她的大腿。我妈妈往旁边挪了挪，强调道：我是说真的，我想立刻马上离开这里。维托尔发觉她没在开玩笑，但只回了句我到时候看看，我可不想有家庭矛盾。"你们要好好相处呀，我和爸爸在仓库工作一整天，回了家只想清闲清闲。咱也就是想一回到家，什么事都好好的。"我妈妈却有意见。结果他俩上床睡觉的时候都一肚子气。周末，我妈妈去看弗洛拉和玛达莱娜，听说了鲁本一家正在石丘的消息。他们似乎打算在这里待一阵子。玛达莱娜拿了杯咖啡过来，望着我妈妈，说你看上去好像很累。你和维托尔还好吗？我妈妈说嗯，是有点累，但也就是因为要帮玛利亚太太干家务活。玛达莱娜问，都干些什么活？我妈妈说真没什么，咱换个话题吧。玛达莱娜一脸疑虑地看着她，但觉得还是不要深究为好。

9

对于没做过婚姻咨询的人来说,此情此景可能有些搞笑。至少你觉得很搞笑。你实际上是被我妈妈逼着去找她的咨询师,简。不得不说,在那次婚姻咨询的几个月前,有一天你们在托雷斯海滩[1]闲逛,进了一家酒吧想喝点小酒,结果看见酒吧最里面有个女醉鬼,正大骂搞错了威士忌含量的酒保。你们马上认出了她:就是简——我妈妈的咨询师。简一看到你们,就大声招呼我妈妈,说哎呀真巧呀。"这可真是太巧啦!"她重复。我妈妈有点不知所措。你也是。你俩可没想过在这种情况下撞

1　Praia de Torres,南大河州的海滩。

见自己的咨询师，毕竟在患者眼里，咨询师应该都是头脑清醒的正经人，他们不喝酒，也不会在酒吧破口大骂。而现在，你们正坐在这位简女士面前。除了她，你的咨询师雷纳尔多也在场。我妈妈提议要采取这种咨询方式，即她、你、她的咨询师和你的咨询师都在场。而你觉得很怪，也不曾想过还能有这种形式。不过，虽然心里犯嘀咕，你还是答应了她，因为这也许是你们相互理解的最后机会。简接待了你们。她身上的香水味让你有点犯恶心。你们进了一个极其昏暗的房间，大概是因为这里家具全是深色，墙上还满是书架。你们坐在相邻的两张舒适扶手椅上。你已经三十二岁，但不知怎的，在这里让你想起自己还是学生时，被叫去校长室的情景。当时你十二岁，上六年级。你在校长和教务主任面前坐下，他们问你为什么要在科学课上发疯一样地尖叫，大家都被你吓坏了，知道吗？而你一时很想告诉他们，前一天晚上你舅舅泽·卡洛斯差点枪毙了他老婆，但是子弹打在了地板上，给它穿了一个洞。结果，今天科学老师上课又他妈的说，太阳终有一天会爆炸。然而，你一如往常，缄默不语。他们看你瘦骨嶙峋的样子，觉得你大概是太饿了。于是,教务主任给了你几块玛利亚牌饼干,还给你一杯牛奶,里面不知加了什么东西,喝着有股芒果味。白人看到穷苦的黑人小孩有烦恼,也就只能想到饥饿和毒品两种原因。他们问你到底怎么回事。你没有回答。你选择保密,藏起内心的狂风骤雨,因为他们永远不会懂。婚姻咨询一开始,两个咨询师同时叠起双腿。你觉得挺好玩儿,但没笑。我妈妈则一脸期待,想着等你们走出咨询室,一切问题都能解决。她把一切都赌在这次咨询上。可是说实话,你们并不清楚事情怎么就发展到了这一步。你们并不清楚怎么就陷入了无法内部解决问题的境地。短暂沉默之后,简开口了。"好的,两位,我希望你们明白,我们在这里是为了帮助你们。而你们能来这里,就说明你们还愿意和对方在一起,也说明你们相信自己对对方的爱。所以我们才会在这里见面。咱们都知道,沟通有时候真是一件难事。"还没等她说完,你就打断她,说不应该很难。她问,什么不应该很难?你说,沟通。简不喜欢你的说话方式。听起来很自大。不过她还是继续说:"人与人之间的沟通从不简单。玛莎跟我说过,你不愿意敞开心扉,不会将心比心,也不爱说自己的真实感受。"于是你又举手请求发言。你现在和你课上故意捣蛋的学生别无二致。"目前有个问题,"你说,"您并不了解我,您只是了解我妻子眼中的我。"而她的语气带了几分尖刻:"恩里克,我并没有说我了解你呀。""你没有直接说,但意思是这样。"你平静地反驳,想表明自己不屑于这一套。尴尬地沉默。雷纳尔多开口了,"恩里克呀,人面临危机的时候,总是会想坏的一面,甚至变得更具攻击性。这很正常。不过你看,"他边说边分开了交叠的双腿,"危机乃是人生中最棒的时刻,因为面临危机时我们才会审视自己,才会自我批评。而且,等危机过去了,一切都会更好。正是危机帮助我们前进。所以呢,我想请两位做个小练习:请你们想一想初次见面的时候。想一想你们是因为什么才爱上了对方。想一下,然后说出来。用语言表达出来。现在就是要你们找回失落的东西。"你觉得这也太搞笑了,你根本一个字都挤不出来。你心里想,意思是说你们俩想让我忽视已经发生的一切,在这里回想那么久以前的屁事。但你什么也没说,只在心里默默地咬牙切齿。一时,房间被沉默笼罩。这时,你观察两位咨询师,认为他们根本不了解你们夫妻，不了解你们内心的狂风骤雨。他们是白人，中产阶级白人，看世界的眼光受限，不明白到底发生了什么事。他们绝对想不到，你们之间一半的问题都和肤色有关。也许不是直接相关，但它是个底层问题。你心里清楚，这些事比咨询师想的复杂得多。你想，精神分析也有颜色，即白色。而且，弗洛伊德肯定也并非全知全能。你只想诚实面对自己。你心想，我们很难知道自己到底够不够好，也很难知道做不好一件事到底是因为肤色，还是因为真的做不好。从没有人告诉你，你也可以失败，你也可以犯错，生活还会继续，没关系的，什么都不会发生。如果受到白人的赞美，也无法确定这到底是出于真心，还是出于怜悯，还是为了洗刷自己的罪恶感，还是只为了表明自己没有种族歧视。我们也不知该如何分析自己的失败，因为很容易就将一切失败和弱点归结于种族主义。为了不掉入这种思维陷阱，你需要抖擞精神，努力在心里建立起一种种族平衡，不过我也解释不清要他妈怎样才能做到，懂吗？因为你一辈子都听别人说：无论如何，你还是得忍着。即使你畏畏缩缩地过了大半生，还有人说你这个不能做，那个不能做，说你没这个能力。为了生存,也因为你如此看待人生:它是一场你必须抗争到底的狂风骤雨,尽管你是个黑人;你不仅需要证明你有能力,而且需要证明你比别人更强。若你失败了,若你跌倒了,你也没时间自我怜悯,即使这是你在荒芜世间唯一的支撑。你必须诚实面对自己的感情。但这真的很痛。有时候,你宁愿没有这般勇气。无论你对自己多么坦诚,无论你破灭了多少幻想,最后剩下的疑问只有一个:你究竟有何能耐。这也正是种族主义的邪恶所在,因为它总会阻拦你一窥自身的地狱。你想,弗洛伊德确实没考虑到我们黑人。我妈妈第一个发言:"我第一眼看到恩里克,觉得他挺无聊的,因为他很胆怯。我不喜欢胆小鬼。是我朋友安妮介绍我们互相认识的。而当我听到他平缓浑厚的声音,看到他举手投足的风度,就觉得想进一步了解他。然后我慢慢就喜欢上了他。"这时,我妈妈偷偷瞟了你一眼。但你纹丝不动,没有任何反应。简请她继续讲,用眼神鼓励她。我妈妈还说,一开始你们做了很多计划,好像一切都变容易了。然后她陷入沉默,说不下去了。简紧握着她的手,说道:"很好,很好。"好像一个大人在赞美做了好事的小孩。于是,轮到雷纳尔多请你发言。但你说我什么都不想说，因为我没什么可说的。你明明知道你这样说很幼稚。听到你这话，我妈妈一下子哭了，闹着要走。她骂你又自私又不成熟，说刚和你结婚的时候你可不是这样。简连忙把面巾纸拿给她。你感到有些内疚，便收起讥讽的神色，努力挖掘一些阳光积极的记忆，可你脑子里只记得数不胜数的争吵、口角和嫉妒。突然，你灵光一现，开口说："我们去里约热内卢那天……"虽然你自己也不知道接下来要怎么编。"我们去里约的时候，在科帕卡巴纳，玛莎和我坐在海滨大道上，望向大海。我觉得那时候好像身处天堂。我觉得我现在这样真好，因为玛莎在我身边。我想，如果一个人觉得自己这样真好，那就是幸福的象征。"你话音落下，简十分动容，雷纳尔多也是。但你可不。什么都感动不了你。你之所以说这些话，只是为了赶紧走人。你没法再对他们坦诚了，也大概无法对自己坦诚。你只想离开。只想离开。我妈妈也想走，但她想和你一起走，和你一起回家。她想重返日常，生个孩子。也许，这间咨询室里的所有人都相信问题能解决。也许，这里的所有人的出发点都是好的。除了你。你根本不想解决任何问题。你觉得是时候该结束了。我妈妈哭过之后,你觉得也许你也应该哭一哭,显示你也有点人性。于是你也哭了,甚至不知道为什么哭;但你心里面其实很清楚:你现在满眼泪水,是因为你想起来人生第一次去咨询,是因为听到太阳会爆炸,又看到奶奶家地板上有个弹孔所以焦虑发作。是你妈妈带你去的。她说她一直怀疑你有自闭症,因为你从来都不说什么话,也太安静了,有时候还呆呆地望着天空,一望就是半天,她很担心,觉得你脑子可能有什么大问题。你还想起来,从那时起,你就一直认为自己有自闭症,即使根本不清楚这个词是什么意思。你只觉得自己好像有什么问题,但从未察觉其实你不愿意开口说话、一言不发的性格,可能和你的肤色有关。你害怕说话,害怕自我表达,这可能是因为从小你就被这么教育:不要引起白人注意。不要在某某地方大声说话,要是一个黑人小孩大声说话,别人会吓到。走在街上的时候不要跟在一个白人后面走太久。警察靠近你的时候别拔腿就跑。出门一定要带证件。别和坏人走一起。别到处打混,要一直有个工作。多年之后,这些话还在你的体内回响,好像一种魔咒,一部生存指南。你把思绪拉回房间，发现我妈妈和两位咨询师正看着你。咨询师问你们，为了修复婚姻，准备采取什么实际行动。简说咱们今天聊得卓有成效，你们达到了今天的目标。听到这话，你真想把桌子掀了，因为这与其说是对话，更像公司开会，有目标，有着眼点，还有图表和总是向好的曲线图。不过，你和我妈妈当时都很脆弱，不愿拖延时间。最后，你们保证会一起回家，彼此再谈一谈。然而，在回家的出租车上，你们一直沉默。你脑子里没有一句好话。你们仿佛身处雷区，随口说一个词都能引发爆炸。可你还是试着问：晚上吃什么？我妈妈没有立刻回答，只是看向窗外，眼里仍噙着泪。过了一会儿，她转过身来，问你你就只有这句话要说吗，就只有这句话说吗。你很平静地说，对。结果，你没想到，这句干巴巴的回答在我妈妈耳朵里变成了嘲弄。但其实你没有嘲弄的意思，也没想讽刺，只是直白答复。她失望地问，你就只操心这事？操心晚上吃什么？你深呼吸，然后说不是，我烦心事多了，我就是想缓和一下气氛。你们又沉默了。剩下的车程你们没说一句话。到了公寓，你说你就不上去了。她质问："恩里克，你怎么现在还说这话？咱都去了咨询,说了好多好多。我掏心掏肺,把伤心事,把心里面纠结全说了,就是因为我觉得咱们需要这么做。结果你现在又说不上来了,你怎么像个被惯坏的小孩?"你们又走了几步路,停在公寓门口。她望着你:"结果你还是不上来,是吧?"你没有回答。她再也忍不住了,破口大骂:"你个狗娘养的,你他妈就是个狗娘养的!我可是为了咱俩尽了全力,尽了全力啊!我放弃了自我,放弃了人生,放弃了梦想。我真是太后悔跟你结婚了,恩里克,太后悔了。"你受不了她这么骂你,回嘴说你才是狗娘养的,控制狂,疑心怪,觉得世界都围着自己转。你大叫:"你以为你受过苦,就能想干什么干什么,想说什么说什么是吧。玛莎,哪个人没被生活碾压过?""你可得了吧,别装得自己就很聪明,很健全,你这辈子都跟这俩词搭不着边。"我妈妈想这样刺激你。她想伤害你。她知道质疑你的智力和理性会让你崩溃。"你现在就给我滚。恩里克,咱俩结束了,我一句话都不想听。能试的我都试过了,都试过了。而你可从来没有为了挽回这段关系做任何努力。总是我在努力,总是我抱着这段他妈的婚姻不放,在努力挽回,不让它完蛋。滚吧,你滚吧。"听到这话,你放弃了争吵。你已无话可说,只是转身离开。转过街角。就这样离开似乎是最好的选择。但你错了,因为你一回头,就看到她在快步追你,叫你的名字,其实是高声喊着:"恩里克,你回来!你不能就这么跑了。回来,你个胆小鬼!"她大喊。街上人群熙熙攘攘,人们看你们的目光或嫌恶,或怜悯,因为他们觉得你俩都是疯子。你们是在街上大喊大叫的黑人夫妇。这会让人们浮想联翩,或者证实他们对黑人的印象:不要脸、爱闹事又没教养的家伙。即使我妈妈声嘶力竭喊你回来,你也没有停下脚步,反而越走越快。你想逃走。然而,你没发现她跑了起来,没几分钟就追上了你,拽住你的胳膊。你拼命地想甩开她。这景象真是滑稽得可怜,但你们毫未察觉。你们的关系已然跌入谷底。你试着把她的手从你胳膊上掰开,而这时候你们正在马路沿儿,非常危险。汽车喇叭嘀嘀狂响,怪你们堵了车道。最后,你们拉开距离,气喘吁吁,又羞又恼。你发现你没法就这么走掉。你努力冷静下来。我妈妈则坐在马路中间,完全不在乎擦身而过的车流。就在这时,你想起了你朋友弗朗西斯科。实际上,正是弗朗西斯科的故事在某种程度上促进了我的诞生。弗朗西斯科结婚十五年了。有一天，他决定和妻子萝贝尔塔分开，因为他爱上了自己从前的学生，十九岁的玛丽安娜。她年轻貌美，活泼可爱，非常崇拜弗朗西斯科。她崇拜四十三岁的他。这次分手不能称之为创伤，但也十分痛苦。弗朗西斯科是葡萄牙语语言与文学教授。他们的邂逅是各种意义上的电光石火。弗朗西斯科之前从未背叛过妻子。然而，当他在街上认出玛丽安娜，两人寒暄之后，又聊了一个多小时。她说她好喜欢他的课，很想念过去的时光。而他则说了谎，说他也很怀念，其实他记不太清那个高二班级了。结果，双方交换了邮件地址和手机号码。从那以后，他们开始约会，然后做爱，她说她对他的感情好强烈，他说他也是。这期间不知过了多久，但总之发展得很快，大概也就几个月。弗朗西斯科离家出走的那一天，并没有斟酌措辞，只是说他爱上了别人。没有任何争吵，只有无尽的悲伤和湿润的眼眶。萝贝尔塔内心的怨恨深不见底，尤其是当她发现，玛丽安娜只有她一半年纪。即便如此，她仍然昂首挺胸。不出几周，弗朗西斯科和玛丽安娜开始同居。弗朗西斯科的朋友们，也包括你，告诫他不要赶着结婚。你们这些朋友旁观者清,很快发现玛丽安娜行事冲动,做事从不考虑后果。很快,她这种性格给他带来莫大的折磨。不出几周,他们便发现自己身处地狱。她服精神类药物,却还要喝酒。他们开始整天吵架,因为弗朗西斯科说她太不负责任了,而她回嘴:"那又是谁非要和年轻小姑娘搞在一起呢?嗯?"她大笑,手里还拿着威士忌。"咱倒要看看到底谁不负责任,"她继续说,"咱来看看谁才是真正的疯子,因为你可是抛弃了老婆,结婚那么多年,什么都不要了,是你吧?"有时候,他们床头吵架床尾和。弗朗西斯科从未有过如此狂暴激烈的体验。他们两人仿佛困于旋风之中,无药可救地被卷进悲剧的中心。而有一天,大吵一架之后,弗朗西斯科离开公寓,说再也不回来了。"再也不回来了。"他重申。她不信。弗朗西斯科在外面待了三天,在朋友家借宿,也去了你家,所以你才知道了他故事的细枝末节。第四天,他打电话给玛丽安娜,她没接。他打了她的手机,但一直没人接,最后转进了语音信箱。第五天他去了公寓。按了门铃。没人应。他没有钥匙。他找了门房,问有没有见到她。门房说他好久没看见她了。

于是弗朗西斯科给她亲朋好友打了一圈电话，也没人知道她在哪。他去了警察局。当他和警察一起到公寓，把门撞开的时候，弗朗西斯科发现房子里还和他走的那天一模一样，沾着她口红印的肮脏杯子，燃尽的烟头，沙发上他的T恤。而到了卧室，悲剧悄然落幕：玛丽安娜倒在地板上。她已经死了好几天了。验尸的时候警察给了他更准确的消息。她死在弗朗西斯科离开公寓的当天晚上。从那以后好几个月，负罪感带来的痛苦和焦虑都让他不得安宁。而看着坐在地上的我妈妈，你想到弗朗西斯科的故事，害怕这会在你们身上重演。你害怕，并不是因为我妈妈有自杀倾向，而是因为你们现在如此迷惘，如此悲伤，发生这样的事也毫不奇怪。因此，你决定走过去坐在她身边，也完全不在乎擦身而过的车流。你揽住她的肩膀，说：咱们回家吧。我妈妈看你的眼神既温柔又悲伤。你们起身，沉默地走着。这不再是冷漠的沉默，而是安心的沉默。你们走出了地狱。一到家，还在客厅，你们就脱掉衣服开始做爱。那天晚上，狂风骤雨将你们吞噬，它混杂了各种复杂的心绪，包括你们即使已经破碎不堪，即使已经疯癫狂乱，也尚存的对彼此的渴求。

10

二十世纪八十年代中期,你来到了阿雷格里港。此时,你不曾料想你会在这座城市度过一生。那时是冬天,你以前从未感受过这么冷的天气,冷得你口中冒出白气,双唇干涩,还得戴上毛线帽子。起初,你甚至觉得来这儿很有趣,也不知道前方有什么等着你,不知道这座潮湿之城的凛冬时节为何物。在去外婆家的车上,你和妹妹们觉得这座城真棒。看到车流之间有一匹马拉着轿子经过,你们惊讶地大叫起来。爬上普罗塔西奥阿尔维斯大街,穿过克里斯蒂亚诺费舍尔路,你们终于到了茹列塔外婆家,她家在邦热苏斯镇,是阿雷格里港的一个大区。当时,它也是暴力最为肆虐的几个区之一。而你刚来没几天就切身体会了这一点。你和妹妹在家门口踢足球,这球是你的新玩具。你们没注意到一帮比你稍大的男孩正在靠近。一个男孩没等走近,就俯身捡起一块石头,他身后的另一个男孩拿了一根木棍。你们瞬间就被包围了。一个男孩叫你快把足球给他们,要不然就用石头砸你的头。你也想过反抗,但你只有十二岁。所以你也只能做唯一能做的事:把球给他们。他们走之前,还猛推你一把,你跌坐在地。你的两个妹妹大声呼救,于是带头的男孩叫她们闭嘴,小黑婊子。她们也被推倒在地。从此,你发现你们兄妹在这里的生活将并不轻松。而且,暴力不仅仅存在于街头,外婆家里也有。首先就是那条叫大熊的狗。不难理解它何得此名。它是一条凶猛的罗威纳犬,看上去总是一肚子火。它一整天都被拴着,也只有你外婆和它亲近。她是唯一一个能靠近它的人。你和两个妹妹都怕死它了。然而,正如我此前所言,暴力不止于此,因为你妈妈和你外婆从来都关系不好。而在你们身无分文地从里约回来之后,情况就更糟了。你妈妈十六岁就和你外婆吵架,离家出走去了里约,这十年来她们都没说过一句话。因此,她们现在成天拌嘴,而你外婆特别喜欢羞辱你妈妈,因为她是个无业游民,因为她更年轻,还因为即使她生过三个小孩,还有男人追求她。到了周末,你们兄妹就得见证家族的所有阴暗。这时你的一堆表亲,什么舅舅呀、姨妈呀都来了。准备烤肉。卡琵莉亚酒[1]。啤酒和唱片机里放的即兴桑巴。到了午餐时间,场面一片混乱。餐桌位置不够,你们得缩起身子挤着坐,盘子举过肩,嘴角黏着木薯粉。而你从来都离得远远的,不和他们一起闹。你和他们保持距离。你没法融入这种氛围,受不了大呼小叫,也受不了狂欢。所以你只是保持距离。然而,午饭后,你表姐维奥莱塔把你拽进卧室,强迫你和她亲嘴。维奥莱塔表姐十三岁,而你十二岁。你还记得你第一次吻她的时候,每次感到她的舌头侵入你口中,你都好想吐。你不明白接个吻为什么非得这样。然后她让你拉下裤子,因为她想亲亲你的小鸡鸡,你说不要,她就威胁你说她可以编一堆你的坏话。你这位表姐也就会在大人面前造谣,编得

---

[1] Caipirinha,一种青柠鸡尾酒,在巴西有国民鸡尾酒的地位。

很真,都没人怀疑,比如她只有九岁的时候,烧了大熊的狗屋,却骗大人说是表兄里奥干的。为了不叫人起疑,她还把一盒火柴偷偷塞进他的裤兜。而当你听到她斩钉截铁地说她看到里奥在狗屋放火,不信可以看看他的裤兜,里面肯定有火柴,你都惊呆了。你甚至不清楚里奥被他父母和茹列塔外婆揍了多久。因此,她每次把你带去卧室,你都很清楚自己无法违抗她。有一天,维奥莱塔表姐让你吻她的阴户。你照着做了。你颤颤巍巍地跪下,脱下她的内裤,亲了一下,却根本不知道自己在做什么。然后,你们出了卧室,去院子里招惹大熊玩儿。每次饭后,所有人,或者几乎所有人,一喝醉就开始大吵大叫。马上大家就互相指责,呼来喝去,你压根理解不了为什么这群人要花这么多时间吵架。可是,在你结识泽·卡洛斯舅舅的那天,你发现事情没有最糟,只有更糟。泽·卡洛斯舅舅是民警,还一定要让大家都知道他是民警。于是他每次来,都拔出腰间的枪,把它放在架子上,然后说:你们几个小孩可别乱动这个,听到没?你还清晰地记得,你舅舅一在场,总能吸引所有人的目光。你外婆特别自豪。他毫无疑问是她最喜欢的孩子。泽·卡洛斯吹牛说他杀了一个流浪汉,据他所说,这人有一次想袭击他。即使调查发现这起案件里并不存在袭击,即使你舅舅其实参与毒品火器走私,也证实不了,因为你舅舅认识警察局的人,让案子很快结了。于是,他逢人总说是他先遇袭。每次他在附近,每次周末来临,你的肚子就开始疼,对十二岁的你来说过于难忍的疼。然而,从你在幼儿园被门夹住手指,意识到何为疼痛的那一刻起,你就必须学会适应疼痛。你永远也忘不了那个周末,索尼娅舅妈发现丈夫泽·卡洛斯有情妇的那个周末。那是星期天,刚吃了午饭,两人就开始吵架。突然,索尼娅舅妈去厨房拿了把刀,就是切烤肉的那种,声称要杀了他,你个狗娘养的,我就知道你在和那个白婊子偷情。你以为我傻吗?她那一头金发可不比我的好,你个混蛋。于是,你也目睹了你舅舅抓过架子上的枪,瞄准她的那一刻。此时,大家都从客厅逃跑了,只有你还在,因为暴力场面总让你动弹不得。你也目睹了泽·卡洛斯舅舅扣下扳机的那一刻。而你紧闭双眼,两手捂住耳朵,大叫着:住手,住手,住手,不要啊,够了,够了,够了。随着一声爆裂的枪响,你睁开眼睛,看到你舅舅在说,他妈的啥事也没有，你个小兔崽子别叫了。然后，你看见你舅妈松开手中的刀，像个孩子一样蜷缩在角落里。面对绝望和羞辱，谁都会变成孩童。她身边的地板上有个小洞，那是子弹造成的痕迹。邻居叫来了军警。但我说过，你舅舅是民警，所以什么事也没有，他也只说这是家里面有点误解，夫妻间的小打小闹罢了。到了第二天，你起了床，在客厅坐着，一看到地板上那个子弹坑，你又动弹不得，你妈妈说快走吧马上上学迟到了也没有用。于是，你只能不吃早餐就去学校，因为你不饿，一点儿也吃不下去。赶上了第一堂课，数学老师点名，你却不应声，因为你心里还想着地板上那个小洞，脑壳中还回荡着昨晚的尖叫，你舅妈的尖叫，你舅舅的威胁，大熊的狂吠。于是数学老师又叫了你一次，有人拍拍你，你便像机器人一样答了一声到。课间休息时，你还是不饿，但肚子很痛。下一堂课是科学课，是你最喜欢的课。而你一听到老师说太阳总有一天会爆炸，就经历了人生第一次焦虑发作。你甚至不知道哪个更糟：究竟是地板上的小洞，还是太阳爆炸。

11

维托尔第一次一脸亢奋、大着嗓门、哼哧哼哧回家的时候,我妈妈并不知道这仅仅是另一个地狱的开始。那晚,他天快亮了才回家,她问他去哪儿瞎逛了。他回了句妈的关你屁事,说老子想干什么就干什么,别烦我,还嫌我一整天在仓库被我爸烦得不够啊。他一说这话,我妈妈便闭口不言,感觉好像不认识这个男人了。过了几分钟,她鼓起勇气问:"维托尔,你怎么这样和我说话?发生什么事了?""妈的屁事没有!"他大叫。然后,他拿过一罐啤酒,打量着我妈妈,问她从哪儿学的。学什么?我妈妈没懂。我说你从哪学的像个婊子一样做爱。他说。我可没见过哪个处女在床上叫得那么大声,扭得那么骚,你从哪学的,你个婊子?他瞪大眼睛质问她。我爸早就跟我说过,黑妞儿都不是什么好鸟。听到这话,我妈妈抬眼看向他,说这实在是太过分了,我要离家出走。此时,维托尔使劲抓住她的头发不让她走。我妈妈试着挣脱。然后她挨了人生第一记耳光。维托尔向她大叫:你看看你逼我做了什么!这时有人来敲门,于是她垂下头,去厨房里哭泣。维托尔跟着她,想一把把她抓过来,扔在床上,掰开她的大腿贯穿她,因为他有为所欲为的权利。然而他中途放弃了,因为敲门声总是不停。门的另一侧,玛利亚太太站在院子里,问你们还好吗。维托尔说好得很,去睡吧妈妈,完全没事。然后他回到卧室,趴在床上睡了。我妈妈则在客厅挨到早晨。她坐在那里,还在尝试弄懂究竟发生了什么。维托尔醒来时已经迟到了。他走进客厅,看起来很尴尬。他跟我妈妈说早上好。我妈妈没有回他早上好,只是说:维托尔,我要离开这个家。我要收拾收拾东西走人。维托尔在她身边坐下,我妈妈马上站了起来,说你别靠近我。我真不知道你吸毒吸成这样。然后,她在窗边驻足,继续说:你怎么不告诉我?维托尔沉默着,低垂着眼,嗫嚅道:我本来要和你说的,但是说不出口。我好久没和朋友出去玩了。他们有大烟抽,我就也吸了点,喝了点酒,就只有这样。我妈妈不愿看他的脸。从来没人教过她遇到这种情况该怎么办。她也从来没想过自己的婚姻会遇到这种问题。而她脑中只有一句话:我要赶紧走人。但是维托尔低声下气地求她原谅,要多卑微有多卑微。他跪下,说着宝贝对不起,我向上帝发誓再也不干这事了。听到他的"我发誓再也不干了",我妈妈信了这种事不会再次发生。虽然她心里也觉得自己上当受骗,但是留下来的想法太过强烈。她被这场婚姻完全吞噬。不过,为了表明自己对他很失望,她让他睡了三天客厅,只用一两个字回他的话。到了第四天,他们上床做爱,那一晚我妈妈一点儿也不在乎自己叫得多大声,即使维托尔试着堵住她的嘴,也只能让她更加兴奋。接下来的日子里,维托尔好像恢复正常了,对我妈妈既贴心又温柔。就这样,他慢慢地变回她所认识的维托尔。一切似乎都正在向好发展。但有时候,我妈妈提着一堆袋子从菜市场回来,经过海滩,眺望大海，很害怕自己的生命就这么结束。她害怕自己就在这里迎来终结。她也害怕毒品，害怕酒精，害怕在不知哪条街上被车撞死，就像她母亲一样。她害怕贫穷。对她而言，生孩子并不是孕育生命，而是制造遗物，因为她从小到大都觉得自己只是个遗物。对她而言，孩子就像贫困的活化石。而她离家愈近，这些念头愈强烈。她还得应付婆婆，还得面对维托尔又吸了毒回家的现实。一天，背着玛达莱娜，她和弗洛拉说了这几周他们夫妻发生的事。弗洛拉说这太过分了，你不能继续和他待在一个家里，他很危险，你得赶紧走人。我妈妈眼泪汪汪地嘀咕：我不能走。他保证过不会再这样了，他正在遵守诺言，我得再给他一次机会。弗洛拉抱了抱她，说，如果他再打你，你可得叫警察。这地方越来越像个火药桶。在这个鸟不拉屎的地方咱们什么都做不了，哪儿也去不了。

12

刚进建筑系不久,我就认识了莎阿丽恩妮。对我来说,在系里结交朋友有点困难。毛鲁是第一个和我说话,并在之后成为我朋友的人。我们俩是系里少数黑人。因此我们初次见面的时候,大约是想融入哪怕一个小团体的愿望拉近了我们的距离。毛鲁住在阿尔沃拉达市[1]的阿雷格里港公园区。他和我一样,通过配额制度[2]入学。毛鲁的肤色比我还黑。他的种种遭遇都

1　Alvorada,南大河州的一个城市。
2　巴西高等教育的一项制度,分配一定比例招生名额给黑人等少数族群。

让我深有共鸣，比如被警察找麻烦啦，被店里的保安尾随啦，妇女一看到他在近旁就连忙把包合上啦，等等。也是毛鲁让我认识了莎阿丽恩妮。我还记得学生会组织的那次辩论，议题是结构性种族主义。而当我在莎阿丽恩妮身旁坐下的那一刻，我怎么也想不到一直坐在我身边的这个姑娘，日后会让我产生那样无法承受的情感。当时，她请求发言，谈起社会中黑人女性的沉重现实，谈起她们接受自己的身体、自己的头发的艰难历程。她的说话方式令我惊叹，一词一句都那样精准，直击要害。莎阿丽恩妮绘声绘色的讲述十分引人入胜，没有一个人跑神。讨论结束后，毛鲁介绍我们俩认识。我们互吻面颊，一起去奥斯瓦尔多阿拉尼亚街的公园餐厅[1]吃饭。同桌的还有路易斯·费尔南多、若热·卡雷罗、阿莉妮·阿尔梅达和毛鲁。我们喝了些啤酒。发言最踊跃的是莎阿丽恩妮。其实我也很能说，但我更想听她说话，因为她的所有发言都极富智慧。然后不知怎地，大家谈起电影，她问我们有没有看过特吕弗[2]的《四百击》。

---

1 阿雷格里港最老牌的餐厅之一。
2 法兰索瓦·特吕弗，法国著名导演，新浪潮电影的代表人物之一。

其他人都说"看过,看过",好像是个人都肯定看过这部电影。我羞于承认自己其实没看过,为了吸引她的注意力,便撒谎说我也看过。但其实我怎么回答都没用,她照样用同样的热情与所有人谈天说地。时间一分一秒过去,我开始努力争取她的注意,试着说些俏皮话,但无济于事。我根本不会幽默。我觉得她压根没有认识我、了解我的欲望。并不是她以自我为中心,不是的。应该只是因为我不是她的菜,也可能是因为那时候太多人在场。无论如何,我也好希望自己是她喜欢的那一型。所以,我一回到宿舍,就赶忙上网下载《四百击》。我记得你跟我说过这部电影,但我从来都没认真听。你说你每次看,都哭得稀里哗啦。然而,我认为你在夸大其词,因为我一直觉得被电影感动也实在太夸张了。文学书籍确实已经让我哭了一两回,但电影?电影就算了。可是,当我看到最后一幕,主人公安托万·杜瓦内尔逃出少管所,我哭了一点点。他跑过大路,跑过树林,抵达空无一人的海滩。天色灰暗而凄凉,他赤足踏入大海,仿佛那里等着他的是某种救赎。然后,镜头拉近他的面庞,画面突然于此定格。那晚,我想要不要给你打个电话,和你分享我的观影感受,也想问问你还有什么别的意见想法,因为,我一方面被这部电影深深打动,另一方面又想在莎阿丽恩妮面前表现表现。但夜色已深,而你老是抱怨睡得太少。第二天,我一到学校就去了酒吧。进门时,我看到莎阿丽恩妮坐在最里面的桌子前。我要了块三明治,去坐在她身旁。她看我来了,一脸惊讶,又笑了。我说,因为你,我又看了一遍《四百击》。于是,她第一次认真地注视我。我趁热打铁,向她说了我重温这部电影的一切感受。莎阿丽恩妮深有共鸣。那时我察觉,我们之间正在萌生某种情愫,或者说,至少我如此认为。然而,她的一位同学打断了我们。她们一见面就又是尖叫又是拥抱,说些"天呐你怎么在这儿"的话。她们又抱了一次,随后开始聊些我根本就摸不着头脑的话题。我摆出一副因为看到她俩相遇而超级开心的脸。其实我一点也不开心。我等了好几分钟,起身准备道别。于是莎阿丽恩妮转身把我介绍给她朋友卢西亚娜。我又坐回去。大家都坐了下来,谈论这学期要上什么课。其实,我只希望她的朋友赶紧走,因为今天周五,我想鼓起勇气邀请莎阿丽恩妮周末一起去电影院。可她完全没有要早点走人的意思。我看看表，真得去上课了，已经迟到了十五分钟。但我还是觉得值得一等。过了四十分钟，她朋友说她上课要迟到了。莎阿丽恩妮说自己这之后都没有课，说她也要走了。两人看向我，我说我之后也没课。我们起身，走向酒吧出口。莎阿丽恩妮和朋友道别，然后我和她走路去公交站。虽然我们本不坐一趟车，但我还是跟着她。下了点小雨，我们谁都没带伞，只能快步走。可我一点儿也不想走这么快，我想和她多待一会儿。我们到的时候，公交站已经排起长龙。该是告别之时。于是我鼓起勇气，问她要不要周末和我去看电影。她笑了，说看情况，因为她还有好多功课。即便如此，她还是给了我电话号码，并让我发个短信给她。然后我们小小拥抱一下，我嗅到了她的体香。我目送莎阿丽恩妮上了公交。坐公交回家的路上，我一直试图忆起她的香味，结果坐着勃起了。这叫我很惊讶：我居然只是想起她的气味，就那么兴奋。于是我把包放在腿上挡着，生怕有人发现。到了家，我反复思忖要是莎阿丽恩妮已经名花有主了该怎么办。我不清楚她如果已经有了男朋友，还会不会回我那句"看情况"。不过后来，我想也许正是因为她有男朋友才会说"看情况"。第二天,约莫上午十一点,我给她发了短信。她没有立刻回我。结果我每五分钟就看一次手机。直到下午两点半,我正想放弃见到她的希望,才收到她的短信。她说她想去电影院,让我去她家接她。还附了地址。我翻来覆去地看这条短信。那一刻我真想放声尖叫,但我室友若昂还在睡觉。我真的不敢相信她答应了我的邀约,而且,而且连她家地址都给了我。我们约了五点见,电影六点开始。她家在桑塔纳街,她和父母一起住。我按了电话门铃。接听的女声不是她的,说我可以上楼。大门打开了。在电梯里,我在镜前端详自己。我觉得我并不好看,实话说我从来都没觉得自己好看过。到了莎阿丽恩妮家那一层,她家的门已经打开,迎面冲来一只拉布拉多犬,差点没把我撞倒,真吓了我一跳。那时候,我发现自己好像从不知道一条狗能流那么多口水,嘴里能藏那么长一条舌头。在宠物狗之后,莎阿丽恩妮的母亲也出来迎接。她叫索尼娅。她连忙道歉,对狗说雷神你可不能这样招待客人,莎拉(他们在家都这么叫她)马上就来了呀。进来吧,她说。你就是佩德罗是吧?我说是。她问我要不要吃点东西,我谢绝了。她说,随便坐。公寓很大,很宽敞,品位也好。在我环顾四周的时候,莎阿丽恩妮的父亲也出来了,他叫克劳迪奥,满脸微笑,看上去心情很好。他很热情地同我握手,问我等会儿看什么电影。我说了电影标题,结果因为太紧张说错了。两人和我一起坐在客厅,他们看上去十分亲切善良。我们临走之前,她父母跟我说想什么时候再来都行。我谢过他们,说一定再来。莎阿丽恩妮没什么反应。进了电梯门,还能听到雷神的叫声。电影不是一流电影,至少对我来说不是。说实话,我觉得这电影烂透了。我们坐在影厅中间,其实我更喜欢靠前一点的位置。进场之前,我问莎阿丽恩妮要不要吃点东西。她说不要,但要是我想吃,我可以自己吃。"我不喜欢在影院吃东西,我觉得这样不尊重导演和演员,我喜欢的电影和汽水、爆米花也不搭。"当时我觉得自己真像个白痴,怎么从未想过这一点。等待电影开场的时候,莎阿丽恩妮问及我的父母。我想,她能问这种问题,可是个好兆头,这说明她对我感兴趣。我说你是葡萄牙语教师,我妈妈是译者和编辑。我还说我已经好几周没和你联系了,因为你天天忙着批作业改卷子,而且,我和我妈妈关系并不好。莎阿丽恩妮问我为什么，问我和我妈妈有何过节。其实我本不想说这些，我想说点别的话题，比如说，问她有没有男朋友。可我最后还是大概说了我们母子俩的矛盾，说她很难相处，喜欢赶跑所有想和我交往的女孩。说实话，我也不知道我妈妈是何时改变的。不知何时，她不再是那个刚搬去圣卡塔琳娜的小女孩，而是变得那么敏感、那么冲动。无论再往多深去探寻她的人生，无论我问的人再多，即使我在她身边待得更久，对我来说她仍然是个谜。正是这一点有时让我很受伤，因为我觉得，我不应该不了解她。你有一次对我说，但在爱的世界里没有应该和不该。后来我回到家，一直埋怨自己不该和莎阿丽恩妮说这些事，毕竟，谁又想要一个占有欲、控制欲那么强的婆婆呢？然后，我们换了话题，谈起经典影片。现在我感觉更为自在，也敢于坦白自己并未看过温·韦德斯[1]和史派克·李[2]，更不要说黑泽明[3]了。电影开始，我一直用余光瞟着莎阿丽恩妮，也悄悄观察我们俩胳膊的距离。整场电影我都在等待触碰她的

---

1 德国电影导演，是德国新浪潮的重要人物之一。
2 美国电影人，2015年获奥斯卡终身成就奖。
3 日本著名导演，推动日本电影走向国际化。

时机，准备假装不经意地碰她。但我做不到。或是因为胆怯，或是因为害怕被拒绝。就这样，我和你一样，在青年时代都鲜有桃花运。然后我开始在心里盘算：你看，我跟她认识没多久就去了她家，还见了她父母，还见了她那只特爱舔人的拉布拉多。我心里想，我们还有点希望。然而事实是，电影都结束了我也没碰她一根手指。莎阿丽恩妮看上去也完全不想和我有身体接触，也可能是她太害羞，这谁知道呢。我们离开电影院，我问她可不可以一起吃个饭，莎阿丽恩妮说她想回家，她还要准备考试。她的拒绝让我深受打击，我想也许我不是她的菜。我们一直散步到她公寓楼下。这告别比我想得更短。她就抱了一下我，吻了吻我的脸颊，说今天去电影院很开心。然后，她就进了电梯，而我只能回家。说实话，我对女孩子的好感从来都不太敏锐。十七岁那年，我失去了处子之身，对方是我的同学。她叫塔米蕾丝，当时十五岁。她是个短发小黑妞，眼睛又大又圆。我也不太清楚究竟怎样才是真正的处男毕业，是一定要插入女孩子阴道，还是仅仅口交了就算？其实，我处男毕业的那天，感觉很怪，因为我之前都没戴过避孕套，即使用过，也只是为了自慰不弄脏手。于是,趁我妈妈上班的时候,我和塔米蕾丝在我床上做了爱。那天下午我们有体育课,但我们逃了课,跑来做爱。反正我们觉得逃个课挺值的。我们都对自己的身体感到自卑,所以没有脱光衣服。塔米蕾丝觉得她胸部太大了,便全程都穿着罩衫,还不断把它往下拉,生怕我看见她的胸部。我也还穿着T恤,因为嫌自己太瘦,不想让她看见我分明的骨骼。还有个原因是,我嫌我腋窝没长什么毛,在我眼里,真男人都该有浓密的腋毛。我们开始接吻,爱抚对方的身体。于是,当我觉得我和她都足够兴奋的时候,我伸手拿来了避孕套。我试着用手把包装撕开,可是撕不开,而且我也没法一边吻塔米蕾丝一边撕避孕套。结果,我们中断了爱抚和亲吻,开始研究怎么弄开这个滑溜溜的避孕套包装。塔米蕾丝先用牙试了试,但只能撕开一个小口。然后换我来,我的牙尖一些,把包装扯成两半。总算解决了这个关卡,接下来的难题就是要怎么在套上避孕套的时候还保持坚挺,这套子真一点都不听话。塔米蕾丝在一边耐心地看着,估计那时候她可能已经觉得体育课都比这有意思了。我终于套上套子,开始和她接吻,不久我就进入了她，她就只呻吟了一声。我们这次做爱连五分钟都不到，因为我很快就高潮了，很快。当我不再呻吟，她大睁着眼，问我这就结束啦？我说嗯。她说，妈呀，可我还啥都没感觉到呢。而我有点受伤，因为我确确实实很有感觉。对我来说这个下午真的好爽。而我觉得她也应该有一样的感受。完事之后，我们又回到学校，整个下午都在体育课上打排球，仿佛无事发生。那天以后，塔米蕾丝开始躲着我，我们也没再说话。但几年过后，我自认为比以前经验多了点儿，所以认为莎阿丽恩妮应该也一样，毕竟她比我大两岁。后来某天，我们又去了电影院，去看戈达尔[1]的《断了气》。我们去的是马里奥·金塔纳文化沙龙，因为只有那里时不时有老电影看。观影时我努力想喜欢上这部片子，但我就是有这个毛病，没法喜欢上自己看不懂的东西。离场时，莎阿丽恩妮特别兴奋地大谈特谈这部电影，说得我云里雾里，还说她要多上点法语课，就是为了不带字幕看特吕弗和戈达尔的电影。她说因为如果底下没有字幕，观众就能更加自由，我们的眼睛需要自由。我也跟着她频频点头，假装她说

---

1 让-吕克·戈达尔（Jean-Luc Godard），法国和瑞士籍导演，法国新浪潮的奠基者之一。

的我都听懂了。我想莎阿丽恩妮对我来说还是太博学了，我大概还配不上她。所以为了转移话题，我说了句你到一些场所时常说的话：影院里黑人真少。莎阿丽恩妮说是啊，黑人不太喜欢来阿雷格里港的文化场所。我问她为何如此，她回答可能黑人不太愿意进一些场所，比如，如果一位黑人女性决定去一家客层是中产偏上阶级的商店，她只有在自己买得起里面东西的情况下才会进去，懂吗？换句话说，她没办法只是进去看看就走。我问那这是为什么呢？她说，因为她就是做不到。因为她已经被"黑人很穷"的社会偏见限制了。而即使没有被这个偏见限制，她们进商店门的时候也得证明自己买得起里面的东西。这看上去很荒谬，但是我想应该能回答你的问题。电影院里没有黑人，因为他们觉得即使进了影院也只能看他们不喜欢的小资阶级白人电影，就像你一样。我问，怎么扯上我了？你觉得我不喜欢？她说嗯，又说我就开个玩笑，不过我觉得咱们黑人不应该龟缩避世。我父母一直都这么说。我们也什么都能看。只是我们不可以忘记自己的"根"，你懂吗？你读过奥利维拉·西尔韦拉[1]的诗吗？我说我读过，说你也是他的读者，他曾是你的老师。莎阿丽恩妮笑了，说你好幸运。她还说，奥利维拉正是那种能让我们记住自己的"根"的诗人，这不是为了将我们囿于过去，而是为了让我们从当下解放。我说："莎阿丽恩妮，你说这些话的样子真的好美。"莎阿丽恩妮笑了，邀请我去她家吃晚饭，其实她这么做纯粹是因为她父母的坚持。他们很喜欢我，我也很喜欢他们。晚餐我们吃了意大利通心粉，佐以戈贡佐拉[2]梨酱，喝了葡萄牙红酒，然后玩起模仿动作猜电影。后来，莎阿丽恩妮的父亲叫我过去，给我展示他的黑胶唱片。我们听了迈尔斯·戴维斯[3]，然后是路易斯·梅洛迪亚的《黑珍珠》。我告诉他你也喜欢这张黑胶。于是没过多久，我就成了她家常客，一周至少去两三次。这叫我很开心。但另一方面，我也焦虑于自己和莎阿丽恩妮无甚进展。因为到目前为止，我们之间还什么都没发生，我能感觉到她喜欢我陪着她，喜欢和我一起做事，但我们的关系一直无法突破友情的界限。而我再

---

1 Oliveira Silveira，巴西黑人诗人、文人，探讨黑人在巴西和在世界的可能性。
2 一种奶酪，产自意大利北部。
3 美国黑人爵士乐演奏家，小号手，二十世纪最著名音乐人之一。

也压抑不住自己的心意。正是那时,我打电话给你,约好一起吃午餐,就在阿雷格里港市中心的安德拉达斯街,在你爱去的那家店。我发誓,要是我早知道你将不久于世,我绝不会这么自私地烦你,但我当时就希望你帮我追莎阿丽恩妮。于是,听你说完你的学生,说你好累,说你不能看自己喜欢的书,说你受够了教书之后,我稍等片刻,问你:"老爸,要怎么知道一个很亲密的人到底只是想做朋友,还是想进一步发展?"我记得,你看了我一眼,然后笑了。"哎呀,佩德罗,这简单得很——直接问那个人呀。"我们大笑。"这事说起来简单,"你继续道,"但确实做起来难。"你干完一杯可乐,又说:"听你的说法,莎阿丽恩妮是个有智慧的姑娘,这就是一个突破口。你看过科塔萨尔[1]的《跳房子》吗?你不需要全读,就从第七章开始读,然后给她。"我问,你是说让我买这书给她吗?他说,不,不是买,不是现在买,因为这样不够有诚意。我把书借你,你把这章手抄下来,抄在一页纸上给她,她会懂的。听了你的建议,我半信半疑。但你是我父亲,某种程度来说,比我经历的更多。

---
1 胡里奥·科塔萨尔,阿根廷作家。

我们回去你的公寓,你把书借给我。刚看了第一段,我竟不知该作何想法。我说过,文学书籍让我哭过两三次,这就是其中一次。我下定决心,拿了一张横线纸,开始为莎阿丽恩妮抄写这一章。我准备当天晚上就给她。我去她家吃晚餐的时候,莎阿丽恩妮还没回家,那天她英语课下课晚了些。我心里很幸福,因为我隐约感觉到,我和莎阿丽恩妮终于要有进展了。餐桌已经摆好,这时莎阿丽恩妮带着一个叫穆罕默德的男孩回来了。他是个混血儿,看上去比她年长一点。莎阿丽恩妮向我们介绍他,说他是法国人,在联邦大学交换,学的是文学理论。她的口气满是崇敬和骄傲,我可从来没见过她对我这样。所以,我马上就觉得自己完蛋了,因为穆罕默德不但一表人才,还聪明风趣。没聊几分钟,就看得出他是个很好的人。他葡语流利,因为父亲是巴西人,他母亲才是法国人。他也毫不骄傲自大。半小时后,他们俩说不好意思,就不在这儿吃晚餐了,因为他们要去看话剧,已经迟到了。莎阿丽恩妮回家就是为了拿件大衣。她浅抱了我一下作为道别。我也和穆罕默德道别。他俩走之后,我悄悄把手伸进衣袋,把内有科塔萨尔文字的那封信揉成一团。莎阿丽恩妮的父母并未察觉我的忧伤,问我要不要再待会儿,和他们看电影。我觉得这真是莫大的侮辱,但再想想,就这么回去也太悲惨了。我需要一点点关怀。本来我想去我妈妈那里,但我根本没法和她说这些事。而你呢,肯定没时间管我。于是,我问他们准备看什么电影。他们说,温·韦德斯的《别来敲门》。我就坐在他们中间,抱着一大盆爆米花。

13

我明白对我妈妈而言,离开维托尔家,还要回玛达莱娜家住真的很难。他们的婚姻持续了一年出头。维托尔变得更加暴躁,也没办法继续工作了。他的父母都很怕他。我妈妈下决心离开的那天,一直等到他睡熟,随便收了点东西,没告诉公婆就带着伤跑了。她像个通缉犯一样逃走了。她敲开玛达莱娜的门,玛达莱娜什么都没问就收留了她。那天,我妈妈哭了很久,也是在那天,维托尔上门大声叫她出来,说她要真逃跑肯定会后悔的,说他不会罢休,说搞上黑女人就落得这结果。玛达莱娜只好叫来警察。几天后,我妈妈马上搬去了阿雷格里港。她回到了这个似乎对她不甚友好的城市,因为她父母就死在这里。回到阿雷格里港的街道,对她而言又是一次伤害。她只能回她大姨家。到了现在,虽然已经成年,我妈妈仍觉得自己是个陌生人。这里没有她的位置。这座城市教给她的,好像只有如何孤身一人。她不是没尝过孤独的滋味。尝过的。然而,身处此地,事事都让她想起自己的父母。她的记忆如此清晰分明,甚至每一条街的柏油、拐角、人行道和人群,都能叫她痛苦万分。几个月后,我妈妈拿了奖学金,开始上高考冲刺课。两年后,她考进了阿雷格里港的一所不知名大学。

14

你们离婚的时候我还不满一岁。不过，正是在孕期，你们俩度过了感情里最好的时光。你对我妈妈嘘寒问暖，而她则百般温柔。你们一直一起去产检。你认真听产科医生说的每一个字。当你们看到超声仪器上的第一张图片，你们那么感动。我妈妈怀孕第四个月，你们一起去做 NT 检查，这是为了看胎儿是否有基因缺陷。你们焦急地查看结果，因为我妈妈已经三十五岁，风险会增加。那天，看到我是个健康宝宝，你们大加庆祝。我本来应该顺产，但我妈妈宫颈扩张不足，结果四小时以后，产科医生决定用剖腹产。你本可以留在产室，之前甚至还说要录下我的出生瞬间，但你做不到。你太焦虑了，更想在外面等着。我生下来的时候就睁着眼睛，但好半天才哭出来。他们把我放在我妈妈怀里，然后把我带去婴儿室。你第一眼看到我，差点落泪，但你因为过于震惊，没哭出来。于是几位护士教你怎么给我换尿布，怎么给我洗澡。恰恰在那天晚上，你们两人的关系骤然改变。孕期的和谐氛围消散无踪。我妈妈抱我进卧室，吵了你一顿，说小孩的尿布都松了。你说自己很紧张，应该就是因为太紧张了。因为无法给我喂奶，我妈妈相当恼火。我啼哭不止，乳头从口中滑落。你说别急呀，他一会儿就习惯了。我妈妈更生气了，质问你还愣在那干吗，你不准备干点活？快去找个护士来，就说我儿子再不吃奶就要死了。即使心里很明白我妈妈只是在闹脾气，你还是去把护士找来。待在医院的那两天，你见识了地狱生活的开始。打车回家路上，我妈妈抱怨她以为到了这个时候她已经能有至少一台车了，真没想过要抱着小孩打车从医院回家。你们带我回到家，你也不知道该干什么，我妈妈也不让你抱我，因为她说你很可能把自己儿子摔在地上，毕竟你连换尿布都不会。"恩里克你真是啥也不会。"每当有访客上门看我，我妈妈就一定要人家洗干净手，即使他们也抱不到我。一旦她怀疑有人要流鼻涕或者要打喷嚏，她就给人家一个口罩，决不让他靠近我。她的教母茹拉西七十七岁高龄，能来我们家已经很不容易了，结果我妈妈不让她见我，因为当时晚上七点，我已经睡了，她不让任何人打扰我睡觉。茹拉西说，可是我就想看他一眼。我妈妈却尖刻地反驳，可不能只因为有人想看他一眼，就让他打扰小佩德罗睡觉。她的教母又坐了一会儿，后来含泪告辞回了家，一眼也没见着我。几个月后，茹拉西得肺炎去世了。我妈妈没去葬礼。她相当冷漠，似乎成为母亲令她完完全全与世隔绝。你家人前来拜访，她也不让他们见我，还是一样的借口，说不能叫我被吵醒。第二天，你母亲打来电话说，儿子，你不能放着这事不管，可不能任由玛莎这么干，她怎么能这样对人呢。你安抚母亲，说她只是还在适应期。然而，你心知肚明，事态正不断恶化。直到我满三个月大，你才获准单独带我出门。很明显，即使你对她百般讨好，做事丝毫无差，我妈妈还是不信任你。她有着母狮护崽一样的保护本能。日子一天天过去,我妈妈的过度保护行为也愈加夸张。就这样,我上了幼儿园,我妈妈便一直说幼儿园老师的不是,说她们压根不会照顾我。我一辈子也忘不了她来接我的那天,一看见我衣服上满是棕色污渍,就质问老师们这脏东西打哪来的,你们怎么敢给我儿子喂巧克力?老师们马上辩解,说这只是颜料,因为孩子们在参加一项活动。等我满八个月,家里气氛更加剑拔弩张。因为此时除了对我过度保护,她还怀疑你出轨。事实上,我出生以后你们就没有了性生活。我出生后的前几个月,你们每天都十分疲倦,因为我老是哭,你们几乎没怎么睡觉。而之后,一周周过去,照顾我的任务虽然越来越轻松,但你们还继续做着无性夫妻。对你来说我妈妈不再有性吸引力。她全身心投入母亲这一角色。不经意间,我用哭泣和任性将她挟持,把她变成我的奴隶。我就是她世界的中心。经过八个月的无性生活,你已经不想再自慰了。好像你自慰得越多,性欲反而越强。于是你渐渐地开始留意周遭,瞟向你的同事女老师,瞟向你的女性朋友。但真的,真的什么都没发生,因为你没有机会。某天,下班回家路上,有人递给你一张传单,上面写着"加维亚",原来是家夜店。你注意到传单最后那句话:"快过来泡全城最辣的妞"。你把传单揉成一团放口袋里,回了家。一到家,你们就因为什么事吵了起来,你记不得了,你们吵架早已是家常便饭。睡前你心想,要是随便和一个陌生女人上床会怎样。这么想着,你勃起了。不仅如此,那句"快过来泡全城最辣的妞"一直在你脑中挥之不去。有时候,你做完和这些妞做爱的春梦,在凌晨惊醒。然后你就知道你完蛋了。你必须离家出走,必须抛下一切,把比海深的罪恶感也丢在一旁。你明知这么做很自私。于是,你在那个凌晨决定,等天一亮,就和我妈妈说你要走人,尽管你明知她会大闹大骂,骂的话不堪入耳。尽管你明知她确诊了产后抑郁。而另一方面,你因为自己再不能爱她,再过不下去这样的日子,觉得自己很失败。也许除了负罪感,另一个阻拦你离家出走的因素是你和你父亲的关系。他也是在你不满一周岁时便离家出走。你不想让悲剧重演,不想让我也变成没有父亲的小孩。然而,如前所述,家里气氛愈发剑拔弩张,而需要离开的人,是你。可是到了早上,新的一天开始,你起了床,看着尚在摇篮安然熟睡,一脸天真的我,又再次经过卧室，看着一样熟睡的我妈妈，你觉得像这样只是表面风平浪静的日常时光，也有可能拯救这个家，或者至少能让它晚一点再崩塌。但其实你心里很清楚这不是真的，这只意味着你向懦弱低下了头。几天后，你们俩又大吵一架，因为我妈妈从你口袋里翻出那张写着"加维亚"的传单，甚至去厨房提了把刀，指着你威胁要杀你，"你个婊子养的"，而我在摇篮里开始哭。你马上说你根本还没去找城里最辣的妞呢。于是，为了避免肢体冲突，你只能把自己锁在卫生间，听她在门外又是捶门又是大喊大叫。你用手堵上耳朵，试图保持冷静，以免一时冲动开门闹事。你在这里锁了一个小时。而我妈妈则坐在我的摇篮旁，松开拿着刀的手，任它摔在地上，然后放声大哭。你听着她哭泣，听到她把哭个不停的我抱起来，去了卧室，砰地甩上门。这时你趁机打开卫生间门，环顾走廊。你去了客厅，拿上自己的包以及里面的东西。你悄声转动钥匙开门。走的时候，你小心翼翼地关上门，不让它发出声音。你真像一个逃犯。你就是个逃犯。那是无比悲伤的一晚。你离家出走，不再归去。从那一刻起，你们之间所有的过往都成为痛苦的浓缩，成为一场两败俱伤的别离,只不过你们尚未知晓。你离家出走次日,我妈妈把我扔在幼儿园。下班后,她回到家,找到存满你们合影的相册,望了照片一小会儿,然后将它们撕碎。接着她把碎片放在厨房水槽里,把它们烧得一干二净。然后,她去了客厅,坐在沙发上大哭,问自己为什么事情会这样结束,你怎么可以不要她的爱,这么全心全意付出的爱,你怎么能遇到个小风小浪就马上受不了了。你就是个懦夫。她说,你从来都是个懦夫。于是,接下来几个月,她都极力阻碍你见我。她要以某种方式惩罚你,惩罚坚持不下去的你,惩罚懦弱的你,惩罚把你们的爱情扔进阴沟的你。她要惩罚你,因为她为你付出了全部,而你却如此冷漠,抛弃了所有,抛弃了她愿意源源不断供给你的爱。你们俩在抚养费、探访频率这些法律问题上争了好几年。随便什么事你们都能吵起来。你们憎恨彼此,因为你们失败了,又很难接受这个事实。然而,新欢几乎能治愈一切旧痛。于是,不久我就开始见证你们身边的男友女友来来去去。而我一直在这里,作为你们曾经爱过的证明。所以,有时我的存在也让你们心里不舒服。事情过去了,我也慢慢长大,而你们俩也都在别的恋爱关系里挣扎。你们以各自的方式明白，之所以往后的恋爱也不顺利，是因为你们无法战胜自己的内心阴影。我则见证了全部。无意间，我在努力平衡自己对你们的爱，因为我不想叫你们失望，因为我很早就懂得，你们俩都是好人，只是迷失了自我。尽管由于你时不时地疏远，我和你之间有些嫌隙。比如你几周都不来看我一次，比如你离开了这个家，那时我不知道你这么做也是为了不惹我妈妈生气。再比如，有时候你会过早地教我一些事，就像那天你问我，我的皮肤是什么颜色，而我第一次看向我的胳膊，发现我和你几乎有着一样的肤色。我当时还很小，说不知道这种颜色叫什么。你告诉我，我是黑人。而我并不懂这有何含义，于是你给我上了一堂讲种族主义的课，也不管我压根搞不懂，也不管这段有关肤色的历史对我来说太过抽象。还比如，有时候你来看我，我只想和你追着玩儿，或者踢踢球，但绝大多数时候你都带我去了书店或者图书馆。一开始我挺开心，因为无论如何，我还是喜欢和你待在一起。有时候你还给我拿本书来，你很喜欢里面的某句话，于是我也努力显得很有兴趣。而突然，你就钻回书中，完全忘了我的存在。好几次,我真有些嫉妒这些书,你看书看得那么专注。可是,我和妈妈在一起就不一样了,因为和你在一起时,我拼命想接近你,而和她在一起时,我拼命想远离她。你们离婚以后,我妈妈更是抓紧我不放,叫我很窒息。如今,我明白了她有多想让我一直在她身旁。她时常盯着我瞧,有些骄傲,又有些怀念地说,我长得好像你。但我也知道,她试图操纵我的感情。比如,她会说我的爸爸一点都不关心我,不过这也取决于她的心情,因为有时她也会赞扬你,说你是个认真努力的老师。我第一次带女孩子回家,她就抓狂了。我从没见过她对人态度那么差。后来她说,虽然我已经十六岁了,还是得以学业为重,和这种小浪妞混在一块儿只会毁了我的前途。我想,我正是因为爱妈妈,才对她百般隐瞒。虽然我知道你和她也吸过大麻,但我从未和她说起我初次吸大麻的经历。我从未和她说起我处男毕业的那天。我也从未和她说起莎阿丽恩妮。

重返圣彼得堡

1

无论在学生时代,还是在教师生涯,你压根就不知道该怎么在学校里生存。你不知要如何忍受学校强加给里面所有人的种种禁锢。不过,在学校里,闹心事儿也有等级之分。对你来说,顶顶烦人的就是家长会,真没有比家长会更浪费时间浪费生命的事了。一般一年会开四五次家长会。你说,开家长会就像走进疯人院,你得当他们的心理医生或者咨询师——不是孩子的心理医生,是家长的心理医生。可能是因为我从小就看着这些长大,所以我从没想过要当老师。我看你整天都被待批改的海量试卷和作业淹没,听你抱怨学校的官僚作风,抱怨调皮捣蛋的学生,抱怨学校里设施缺乏,抱怨家长会……说实话,我宁愿死也不想作为老师踏入教室。你说,家长总能问出无关小孩学习的各种问题。教了这么几年书,你发现学生家长都是些疯子。你又想了想,觉得不是所有家长都这样,不过绝大多数都是疯子。你对一位母亲记忆犹新,她和儿子在你对面坐下。孩子高中一年级,母亲一头金发,身形纤瘦,满眼疲倦。有些家长和你初次见面,会大吃一惊,因为当时巴西南部还没有多少黑人教师。孩子名叫若昂·费利佩,又瘦又白,一脸雀斑,双眼泛红,好像刚哭过一样。你望着母子俩,不知说什么开场白好,因为你对这个雀斑小伙子只有模糊的印象。他是你班上的学生,不过他不爱说话,也不惹事,不招人注目,就只是像根木头一样坐在教室里。而这就是问题所在。当时你教了三百来个学生,不记得一些人也很正常。若昂·费利佩的妈妈抢先开口,问她儿子学习怎么样。你看向面前的表格,上面笔迹潦草,有各种缩写,还有一堆和学生名字混在一起的考试分数。于是,你一边假装在表上找,一边努力地想把有关这孩子的记忆从脑海里揪出来,可你一点儿也不记得这个小孩怎么就在你的班上,所以你只能说他成绩不是很好(因为你是这个逻辑:既然这对母子过来找你,肯定是因为小孩成绩不好)。结果你这话一出口,母亲就瞪着儿子开始歇斯底里:"我就知道,我就知道!你这小孩,我不是整天跟你说要好好学习吗?不学习你以后想干吗?当清洁工?专门倒垃圾的?不学习你屁都不是,知道吗?老师,你告诉他,不学习的小孩会落得什么下场。"她凝重地望着你,而你不知作何回答,只想提醒她当个清洁工之类的也没什么不好。你正想着该怎么说才是,门口来了一个红发壮汉。说他壮,是因为要避免骂他胖。他体型高大,也是一脸雀斑。这是若昂·费利佩的父亲。他马上和孩子他妈一起,对儿子一顿痛骂。这时候,若昂似乎已经和椅子融为一体,脸红得像辣椒。孩子父亲开始当着你的面打儿子,边打边说:"我说过多少遍,"打了他一下,"说你要好好学习,"又打了一下,"别整天发呆神游,我要是再被叫来学校,"他打个不停,"我要是再听到你又不好好学习,你就完了。"此时你已然呆若木鸡。你想过把这事上报学校,但你知道你所在的学校里问题实在太多了，所以，不论父亲暴揍据说不好好学习的儿子这一行为有多么严重，在这里也只是芝麻蒜皮的小问题。之后，父母直到听见若昂·费利佩亲口保证以后一定好好学习才收手。你则因为不了解你的学生，导致他被打而满心愧疚。有几次你接待了玛利亚·维多利亚的母亲。玛利亚是个好学生，既努力又善良。然而，她母亲一来找哪个老师谈话，老师都避之唯恐不及。因为她一开口就滔滔不绝。即使你使出浑身解数想打断她，她还是能一个人说上四十多分钟，从她家的情况说到她的工作，再说到自己的童年，又说到她的学生时代，说现在时代变啦，我那时候老师都是写满一黑板然后我们通通抄下来，可一点儿都没空发呆，我还得过全校最优秀学生奖，因为我把所有板书都抄下来，还特别喜欢化学。当时热瓦齐奥老师是最严格的，我们都怕他，但我觉得现在我们恰恰需要他那样的老师。老师我跟你说，现在小孩子都不怕老师啦，所以学校才变成这样。我记得我要是考砸了我妈就不让我进家门。我妈脾气暴得很，我呢，又没有父亲，他在我六岁时就死了，我妈就一个人撑起整个家，艰苦奋斗，好养我长大，不让我缺一顿饭吃。老师我跟你说,就这样我们还是过得特别艰难,要是吃的不够,我妈就给我做黑豆包菜汤,老师你喝过黑豆包菜汤吗?很明显,这时你早已神游天外,而无论你怎么回答都不重要,因为她对你的回答根本不感兴趣,她就只想说话。其实,教了这么多年书,学校早就让你变得机械、冷漠。慢慢地,你看什么都觉得无聊。在学校教书久了,你被变成了一台机器。那么多年,你都相信你在做有意义的事,而又有那么多年,你的期待完全落空。学校的腐臭大获全胜,你则再无气力。

2

你人生的最后几年在夜校教书，在青少年与成年教育学校，简称青成教。你带了两个班，一个是初一班，一个是初二班。一年年过去，青成教的生源不断更迭。一开始，你的学生年龄更大，之前因为一些原因辍了学，后来成人了又回到课堂。而现在不是。现在你大部分学生都是没法上普通学校的孩子。不被接纳的孩子。无法融入集体的孩子。一直留级的孩子。人人嫌弃的孩子。调皮捣蛋的孩子。所有这些小孩被塞进一个班里。你心想，好像所有人额头上都印着大大的"失败者"三个字。

这就像个定时炸弹,因为他们一到班里,看见周围的同学都是这种人,就马上自认为失败者,也清楚他们为什么都在同一个班。"哎哟哎哟,看呐:咱们真是一帮差生分在同一个班啦,可得让他们见识见识咱到底有多差。"你初次踏入一班,向大家问晚上好,但没人注意到你,或者说他们看到你了,但就是不理你。学生们或是侧着身子,或是看向窗外,或是转头向后。此时,你想起一个当老师的朋友,有一次班里学生对他理都不理,他便一记重拳捶在讲桌上,结果桌子裂成两半。看到此情此景,学生目瞪口呆。你想象着那个场面:学生都瞪大眼睛望着他,因为他们从未想过会有这种老师。从未想过还有老师气急了砸东西。但你不是这样的人,不管你内心多么疲倦,不管你在脑中幻想多少遍一拳砸在桌子上,砸在黑板上,或者抓住一个小孩的衣领,说小兔崽子给我听好了,你还是觉得不能用这种方式解决问题。那天,你光是让他们集中注意力在你身上就费了老大劲儿。你使出浑身解数,试着和他们对话,告诉他们,老师在这儿,该开始上课了。有几个学生看了看你。哎!你们,哎!老师要上课了,咱们安静点儿!他们在拿你取乐。你必须保持理智，让自己明白他们不是在嘲弄你，而是在嘲弄这所学校。因为你不仅仅是一位老师，你更是这所学校的老师。尽管如此，不一会儿你还是赢得了他们的注意力。于是，你转身想在黑板上写下你的名字，结果突然听到教室后面一声巨响。一张椅子划过空中，重摔在地上。转眼间，两个学生争执起来，又踢又打。下午你已经见了两个学生打架。现在又来了。但在这里，在夜校，事情严重得多。因为有人涉嫌参与毒品走私，甚至可能有枪。他俩还在撕打，没人上去阻拦。沉重而干脆的拳头声铭刻于你的脑海。后来，终于有几个人上去把他们拉开。你其实不太清楚怎么回事。这场架的阵势好像更大了，椅子被拖来拖去，课也被无限拖延。而你还得小心躲闪，以免被误伤。然后，学校门卫过来，叫他们住手。学生就只尊敬这位雷蒙多，因为他在贫民窟长大，谁都认识，也看着很多人从小长大。混乱之后，群架的两位始作俑者被拉出教室。你回到教室的时候，空气很凝重。整堂课气氛都十分紧张，各种嘲笑、戏弄、惹是生非。你还没开口就讲不下去了，只想着到底怎样才能叫他们集中注意力。这堂课你本来准备讲诗歌。虽然现在完全没有讲诗歌的氛围,你还是提笔在黑板上写下:《若泽》。德鲁蒙德[1]的诗作。读诗之前,你问他们喜不喜欢诗歌。只有前排的三四个人在听你说话。其他人更想讨论刚刚那场架。你不想失去这几个听众。你把课本里卡洛斯·德鲁蒙德的照片指给他们看。"哎!你们看呐,老师在放一个糟老头的照片!"他们大笑,想让你显得很白痴。于是你顺着他们的话,问一个学生认不认识照片上这个糟老头。没人理你,有些人转过身去。你这时很想走到教室最后面,和他们对峙:听好了,你们可没有不尊重我的权利。我来这儿是为了上我的课,就这样。然而你不能这么做。你不能和学生对峙。你知道还有三四个学生在听你上课,他们是这里少数愿意上课的学生。你得承认,你这堂课带得太失败了。你放弃了,只让他们把这首诗抄在笔记本上。但没人听话照做,连那三四个听你上课的学生也是。

---
1 Drummond,巴西文学史最著名作家之一。

3

你没想到,和老同学、英文老师埃莉萨一同教了两年书,你们俩竟走到了一起。埃莉萨就是所谓的混血儿,黑眼睛,体型瘦削。一开始,埃莉萨还是已婚,你俩经常在教师办公室聊天。你想都没想过,她会是你人生中爱过的最后一位女性。恋情初始,谁都没想到终结这段爱情的是死亡。在恋爱中,要么全心投入,要么貌合神离。而对埃莉萨,你全心投入。埃莉萨五十五岁,结婚二十年,有两个成了人的孩子。你毫不在意这些。一次教师会议之后,她开车送你回家,自那以后,你们开始约会。

当时车停在你公寓前,埃莉萨把车熄了火,你们说到那个差生班,谈起聪明学生;说到你想学英语一事,她说她能私下教你,便宜收钱;说到你懒得学习新语言,她说她自有方法鼓励懒学生;说到有时你觉得在学校里很孤独,因为像你一样的黑人老师很少,而她说我不知道如何定义我自己,因为在黑人运动中,我显得太白,而住在巴西南部,我又显得太黑。说到你在巴西南部待腻了,她也是;说到你觉得好孤独,而她则对这么多年的婚姻生活感到失望;说到你很懂她的感受,因为婚姻对你来说还是个尚未疗愈的创伤,所以你以后可能都不会再结婚;说到她的丈夫已经很久没碰她了,而你觉得这真没天理,怎么有人能不再碰她这样的好女人;说到她很悲伤,因为孩子们都大了,要离开家了,家里就只留她和丈夫,日子就更难了,而你又非常理解她的感受,说这么多年的婚姻确实会带来失败感,说想到光阴流逝就会更加难受,因为一同变老并不像说的那么浪漫;说到她觉得你除了人长得帅,还很聪明细致,而你也觉得她聪慧美丽,又是个好老师,因为学生们喜欢她的课;说到很晚了,她该走了,不过她丈夫早就不管她几点出门,几点回家,她自己都不知道为什么还没背叛他,即使她早知道他会出去寻欢作乐;说到你觉得她或许心里有忠诚的原则,现在还挺少见的;说到她已经厌倦了这种原则,觉得早就该把他妈的所谓忠诚拿去喂狗了;说到你觉得她说脏字很性感,"他妈的"用英语怎么说?她大笑,用英语说了"他妈的",而你邀请她上楼再聊一会儿,毕竟今天是周五,周五就该这么过。她犹豫了一下,还是上了楼。到了你的住处,你说里面很乱,而她说早猜到了,你看上去就不爱打扫。埃莉萨问你卫生间在哪,你说右边第二个门。然后又说要给她倒杯红酒,她谢过你,关上门。几分钟后她出来了。你拿过酒杯,埃莉萨说她不能喝,因为她开车来的,还得回家。你说没事,就半杯酒。接着你们坐在沙发上讨论文学,她说了几部自己最爱的著作,而你也喜欢,然后你们开着玩笑,笑得前仰后合,而你把手放在她的发间,她看着你,流露索吻的神情。你们就在沙发上开始互相爱抚。你埋在她颈间,嗅着她的香水味,而她则用手揽住你的后颈。然而,当你开始解她的衣服扣子,她却攥紧你的手,说不要继续了。你很困惑,以为自己做错了什么,于是道歉。她说你不用道歉,你也没做错什么,只是这之前我必须和你坦白一件事。你说我知道你已经结婚了,但我不在意。她说我也不在意,不过不是这件事。你问那到底是什么事?她盯了你好一会儿,仿佛正在权衡在这种情况下告诉你合不合适。于是,她起身,和你拉开一点距离,解开衬衫,脱去胸罩。而你看着她的伤疤,看着她切除的胸部,努力不表露任何惊讶。然后,你说,你还是觉得她很美。她含情脉脉地望着你,你们拥吻着,然后你吻了她的胸部,又吻了她的伤疤。你们做了会儿爱。事后,两人都累瘫了,埃莉萨在你怀里,说她真的很需要这样,因为自从切除了胸部,丈夫就不再碰她了。还说,即便如此,她也清楚他还爱她,只是对她的肉体失去了兴趣。她说,化疗的时候,他一直陪着我,要不是他,我可能真就死了。她有些动容。其实你也是,但没表现出来,因为你觉得在别人说这种事的时候,你得比对方坚强。她觉得你可以信任,便接着说,当时真的太疼太疼了。她说,疼痛总是不可避免的。治疗期间,有时候我想放弃算了,每次化疗,我就想不做了算了。想自我放弃,毕竟我觉得疼痛就是这么回事:唆使我们放弃,交出手里的一切。但我丈夫克劳迪奥说，我得无视疼痛。于是我强迫自己对自己说，疼也没什么大不了的。我说，我不会被这个击倒。过了一阵子，我真的相信了，真的，我相信这个疼只在我脑海里存在罢了，而我们可以操起缰绳，把疼痛拴在角落，继续人生。最大的挑战不是忘记疼痛，而是与疼痛共存。可是，过了一段日子，当它解开封印，奔驰而来，践踏我的尊严，羞辱我的时候，我又想放弃。疼痛叫你像个孩童，因为它把你变得依赖他人，以满足最基本的需要。她说，我好怕自己的改变。我好怕未来的我。说着，埃莉萨眼噙泪水望着你，向你道歉，说初次约会不该是这样的。而你说你无所谓，于是你们相拥而吻，她的泪水浸润了你的面颊，不知怎的，这样的悲伤令你们兴奋，于是她打开双腿，你再次进入，她舒服地呻吟了一声，求你再用力点，再深一点。你更卖力了，同时吻着她的脸庞。你们很快就达到高潮，然后小睡片刻。天将拂晓，她说她该走了。你求她留下，至少吃个早餐。她说不用，这一晚上已经亲热够久了。你微笑。"而且，我是已婚妇女，不记得啦？我还欠他的呢。"你们拥抱，吻别。穿衣服的时候，她望向你，说如果你不想再和我约会，我也不会在意,在学校可以一如往常,她能理解,"毕竟我已经结婚了,马上就老了,关键是还失去了一边乳房"。而你开玩笑道,这是你见过最独具创意的甩人方法。你们大笑。随后你送她下楼梯,直到公寓大门,然后拥抱分别。

4

二〇一六年八月二十一日早晨,警察来找你麻烦。你当时在公寓门口等着搭便车上班。五十岁的你没想到还会遇到这种事。你正看着手表,两位军警骑着摩托来了,问你在这儿站着干吗。你过了几秒才回答。其实你本想拒绝回答,想质问他们为什么要找自己麻烦,虽然你很清楚他们的答案。你已经累了,不想再被迫向警察解释了。最后,你说你站在这个街角等人接你去上班。两位警察细细打量着你;你这辈子就没几次在意过自己的穿着,在意自己穿得好不好。一个警察问你在哪儿工作。

你说，我是老师，在学校教书。然后，他们礼貌地找你要了证件，问你在哪儿住，是否吸毒。更甚，你还得亲耳听着警察局一个女声描述你：疑犯是黑人，里约本地人，中等个子，黑色夹克。如果已经搜身，可以释放，他是清白的。然而，警察没搜你身，他们觉得你对社会不构成威胁。他们朝你笑笑，说祝你今天好运，然后跨上摩托走了。你还在那个街角，呆站着，暴露在众人怀疑的目光之下。因为尽管警察放了你，还祝你今天好运，工作顺利，但嫌疑人总归还是嫌疑人。到了五十岁，你还是个嫌犯。你上车的时候，经常载你的安吉拉老师问你还好吗，你看上去脸色不好。你说还好，没什么事。然而事实并非如此。去学校路上，你不由得忆起好几次被警察找上的经历。

1. 警察第一次找你麻烦的时候，你还刚从里约热内卢搬来，从没见过这么多高楼大厦。你十三岁，正和学校里的朋友在广场踢足球：大块头、小笨、福宝、黑娃、小迈克尔·杰克逊和奇奇。周末你们常去三榕区的这个广场玩耍。三榕区是阿雷格里港的富人区。你们也可以在善主村踢球，但更喜欢在这儿踢。一天，踢着踢着，一辆警车在球场边停下。一开始你们并不在意，因为你们觉得警察没什么事找你们，然而一位警官下车走进场地，叫你们"妈的别踢了"。然后向所有人大吼，命令你们坐在地上。你们面面相觑，已经猜到了接下来要发生的事。警官把手搁在腰间的枪上，重复命令，说不会再说第三遍，"他妈的赶紧坐下，操你妈的。"你们坐下。另一位警官捡起球，把它夹在腋下。他们问你们住哪儿。大块头说，在邦雅[1]。两位警察交换眼神，继续审问。那你们干吗来这儿踢球？这又不是你们村。奇奇说，因为我们喜欢在这儿玩。两位警察再次交换眼神，这次他们露出讥讽的神色。你们有人吸鞋油[2]吗？没人回答。你们这些娘娘腔谁吸鞋油？你鼓起勇气，说不，我们都不吸鞋油。然后他们让所有人起立，掀起衣服。拿着球的警察警告你们：我们可盯着你们呢啊，这儿是正经人住的地方，如果发现你们干了什么坏事，马上把你们抓起来，听懂没？于是所有人疯狂点头。然后那位警察抓起球，往上一抛。奇奇赶紧跑去追球。两位警察上了车走了。你们继续玩儿，也不太清

---

1 Bonja，位于善主村。
2 巴西一种复合毒品，主要成分是甲苯，流行于青少年。

楚刚刚发生了什么。

2. 你和埃德蒙多交朋友之后，学校生活就好过了很多，因为埃德蒙多和你爱好相同，喜欢打游戏，也喜欢武术。埃德蒙多已经学了两年柔道。你也想学柔道，但你家出不起钱供你上课，而且道服也很贵。此外，那时候你妈妈和你外婆大吵一架，回里约去了，而你和两个妹妹留在阿雷格里港。你心里清楚现在家庭关系紧张，根本不可能求外婆给你钱上柔道课。埃德蒙多教你用日语数数，一直数到十，教你一些招式用日语怎么说，还和你讲了柔道之父嘉纳治五郎的生平。于是，埃德蒙多说，我可以教你几招。你们约好去他家学，因为要是在学校，可能会有些笨蛋拿你们开涮。埃德蒙多家住邦芬[1]，他是犹太人，不过那时候你还不知道这事。为了省钱，你徒步从家走去埃德蒙多家。烈日炎炎，你在普罗塔西奥阿尔维斯街上走了一个多小时。他住在一栋叫"乡村花园"的十层楼公寓。到了地方，你按了门铃等着。路过的人纷纷打量着你。没人应门。你又按了一次。还是没人。你决定在公寓门口等着，觉得他可能和他

---

1 Bom Fim，阿雷格里港的一个街区。

妈妈出门了。然而，不出几分钟，军警就来了，叫你赶紧滚，这儿可不是乞讨的地方。你说我没有乞讨，我要去同学家，他住这里。警察问哪所学校，你回答了，但他不信，又叫你赶紧滚。你听话地走了。你走回家，什么柔道都没学。

3. 八年级的时候你有了喜欢的女孩，她叫卡蒂亚妮，不过她本人似乎不知此事。她可能也怀疑过你喜欢她，但你们之间什么都没有发生，就是经常一起在街上走。如果卡蒂亚妮参加人口调查，她会被定义为"棕色"。某天你还给她写了封匿名信，倾诉对她的爱慕之情。你觉得，她肯定看不出来这些你称之为"草书"的涂鸦其实不是你写的。她明知你暗恋她，但什么都没说，要么就是装作没察觉你的心意，因为她对你只有朋友的喜欢，不想伤害你。她妈妈是个女用，在博阿维斯塔[1]工作，那里全是高墙大宅院。有一天，你们逛到那边。卡蒂亚妮进去了，而你坐在路边等着，因为她说不会太久，而且她妈妈不喜欢在主人家待客。当时周五，下午三四点。于是，你一看到鸣笛的警车在道路尽头出现，就知道肯定有麻烦了。那时，十四岁的

---

[1] Boa Vista，阿雷格里港一个富人区。

你已经明白自己这么坐在路边会出问题,这并非因为你意识到警察找你麻烦的原因是你的黑人身份,但过往经验告诉你,离警车越远越好。警车在你面前停下,警察摇下车窗,伸出胳臂,这时你看见里面有更多警察。其中一个戴着墨镜的警察,坐在车里问你在这儿干吗。你对这问题再熟悉不过。于是你也坐着,回答在等住这儿的朋友出来。听了这话,他们捧腹大笑。一个人问,朋友?小黑崽子,你这朋友哪儿来的?你说,我学校的。他们停了车,决定搜你身。看着这么多武装警察因为你下了车,你吓得呆若木鸡。然而,没等他们叫你站起来,宅院大门开了,卡蒂亚妮和她妈妈走出来。警察向她们问好。特蕾西尼亚太太(卡蒂亚妮的母亲)问你们这是在干什么。于是你起身,过去她们身边。直到那时还戴着墨镜的警察摘掉墨镜,说他们巡逻途中接到居民报警称有可疑人员坐在路边,但现在我们发现这只是个误会,太太你也知道,我们总得来确认一下情况。他们没向你道歉,意思是这些话就相当于道歉了。他们又上了警车,全走了。你们也走了。卡蒂亚妮的母亲叫你俩路上小心点。几天后,女儿再去特雷西尼亚的主人家里,母亲让女儿别再带你来了，老爷太太不想看到警车停在他们家门口。

4. 你和朋友茹阿雷兹在夜店混了一晚，要走路回家，你们又只能分一根热狗吃，又连一个女孩都没逮到。一路同行的还有好多要回家，或者只是要去阿雷格里港市中心的年轻人。途中，若昂佩索阿大街上有个警察岗哨。你们很清楚又有麻烦了。那些警察配有重武器，拦截过往的私家车、公交和行人。女孩子都被放行，但男孩得双手举过头顶，接受搜身。确认过身份，警察闻闻你们的手，问大麻藏哪儿了。你们说我们不抽大麻。他们把身份证还给你们，把你们放了。一回头，你们看见一个黑人男孩被警察扇了一耳光。破晓了，你们只想赶紧回家。

5. 一天，你听奥利维拉老师讲一本书，主人公是俄罗斯人，叫拉斯柯尔尼科夫。听着老师读《罪与罚》，你觉得如获至宝。当时你还不知道这本书会伴随你一生。虽然你一半内容都没听懂，但你还是决定要看这本书，想多了解一下这个住在圣彼得堡一隅的穷学生。你想探索他的犯罪心理。犯罪人类学叫你着迷，所以你随身带着这大部头走来走去。一堵车，你就很开心，因为这样就能在公交车上多看一会儿书。或者，在办公室没活干的时候,你就把书放在抽屉里,趁布鲁诺·弗拉格索不在旁边偷偷看。即使公交满员,你也总能找个姿势,捧着书继续读。有时候有人同情你,说可以帮你扶住书包,这样你不至于摔倒。要是你晚点儿下班,你有时也会遇到没什么人的公交,可以坐着看。就在这么一天,你正在公交后面,完全沉浸于拉斯柯尔尼科夫的故事之中,一位警察走到你面前。准确说,是三四个警察,而你压根没注意到。他们叫所有人都下车。这是突击检查。但你没明白过来,你的脑子还在圣彼得堡呢。警察又强调了一遍,让你下车。你顺从地下车,又累又疲倦,唯一想干的事就是看完《罪与罚》。坐你旁边的白人男孩也起身准备下车,但警察说他不用。你下了车,拿着书,走到一面墙前。环顾四周,你看到还有五个黑人男性在这里接受搜身和讯问,问你要去哪里,你干什么工作的。带你来的警察拿过你的书,搜完身,问你这是什么书。你说这是文学著作。他翻了几页,问这是不是诗歌。你本想说这是长篇小说,但你不想显摆聪明,以显得自己狂妄自大,毕竟你身后还站着武装警察。于是你说是的,这本诗集说的是忏悔。警察好像很中意,说他常去教堂祈祷,年轻人多读点儿诗歌和《圣经》总是好的。他问你看没看过《圣经》。你说看过，又说这本书的主人公最后也皈依了天主教。警察很高兴，说不好意思打扰你了，但这是他的工作，毕竟阿雷格里港尽是小混混。你和其他人又上了公交车。之前不用下车的那个男孩看见你来，去前面换了位置坐。公交车开了，你又回到圣彼得堡。

6. 招聘广告写着"仪容端正"。看到这句，你就知道你没戏了。很多时候"仪容端正"意思就是要白人。你已高中毕业，两个妹妹还在上学，母亲在地铁客运服务部工作，赚不了几个钱，所以你为自己找不到工作而自责。每周一，你早早起床，去人才市场排队。你一般都去食品行业区。当了三个月无业游民，你不得不接了份在披萨店做服务生的工。你在那儿什么都得干：洗厕所啦，开门迎宾之前打扫大堂啦，洗碗啦。要不就是切马苏里拉奶酪，一切就是几个小时，结果你没几周就叫刀柄磨伤了手。不过干了半年，你便习惯了这份工作，即使你换了薪水更高的夜班，必须凌晨熬夜干活。当时你就想攒钱买一双质量好点的运动鞋，买一顶进口棒球帽，买"理智哥"的最新专辑,周末去夜店跳舞,还有,帮忙补贴家用。你一般清晨四点下班。从无人的街道走过,到奥斯瓦多阿拉尼亚大街等公交。你还害怕会被袭击,但那时候你才二十一岁。而这个年纪,你告诉我,这个年纪理应无所畏惧。某天,你一个人等夜班公交。你又累又困,不知道几点能到家。然后你看到警车的红灯越来越近。你祈祷不要再被找事了。然而并没有用。他们拿着枪下车,不过没指着你,就命令你转过身去,举起手来,问你要到哪儿去。你说,回家。他们打开你的书包,翻你东西。其实,他们把书包直接一倒,你听到所有东西都掉出来摔在地上的声音。警察抬起靴子扒拉扒拉你的东西,好像在找什么一样。然后说这个点你不该在街上乱晃,而你说我是去工作了。警察叫你闭上嘴,否则把你这小黑崽子关监狱去。他们收起枪,上车走了。而你站在那里,站在散落一地的东西面前,站在大张着嘴的书包面前。当时是六月[1],街道空无一人。天很冷,但你的身体不觉寒冷,冷的是你的心。

7. 拿到律所行政助理的第一笔工资,你不知该做些什么。

---

[1] 巴西的六月是冬季。

布鲁诺·弗拉格索渐渐信任你了，如他所说，"即使你是个黑人"，你也是个"好黑人"。那个月，你给了母亲生活费，然后，路过特瓦男装[1]，买了件正反两穿的黑夹克。买下它，你如获至宝，也渐渐地开始放弃球鞋配棒球帽的装束，开始穿正装。现在你想穿得像律所的律师一样。有次，布鲁诺·弗拉格索把一条自己不要的领带送了你。那是你生平第一次打领带。某天，你走进银行大门，被接待人员叫"博士"。于是你开始思考自己的穿着打扮，考虑该穿什么衣服，穿什么鞋，做什么发型。电光石火之间，你顿悟自己的穿着也可能是以前经常被警察找麻烦的原因。因此，这几个月你都十分注重仪表，头发短而顺滑，衣服平整无皱。此外，你还开始去一些以前根本想都不敢想的场合，那里大部分是白人，是律师常去的场合。你第一次参加这种舞会，有些不知所措，对你来说，身处此地很是怪异，这里人人都一头金发，好像是电视剧里从美国来的冲浪者。那晚的回忆略带苦涩，因为没人看向你，甚至你律所的同事也没理你。你又去了这地方一两次。其实你觉得，穿着整齐到访这

---

[1] Tevah，巴西知名正装男装品牌。

类场所可以在一定程度上保护你,但事事都有例外。某天,你没有直接坐公交回家,而是穿着你的特瓦牌两穿夹克,踏着你的新鞋,去风车公园逛了逛。天空乌云密布,突然下起小雨。你开始奔跑,以免被淋湿。正在这时,你听到有人叫"哎,哎,站住!"转身一看,一个警察拿枪指着你。于是你停下,举起双手,虽然没人叫你这么做,但你早就有了经验,对流程熟悉不过。另一个拿枪的警察也追上来。那是周一下午六点,虽然下着小雨,公园也全是人。大家都看着你,甚至还有人认出你来,因为他们看你来这儿好几次了,彼此拍拍肩膀,说我早觉得这人有问题了。两个警察还把枪口对着你,然后让你慢点儿把包放下,别有多余动作。你听到他们对讲机里说嫌犯确实穿着黑夹克,不过不是黑人。然后他们马上收起了枪,然后告诉你十月二十四号街有家银行被抢了,他们只知道嫌犯穿着黑夹克。这时,你环顾四周,发现旁边还有好些穿着黑夹克的男性。两位警察说你可以走了。你没发现刚刚放包的地方有一摊水。围观群众还看着你,有怜悯,有嫌恶,还有人问你怎么没被抓呢,怎么就被放了呢。回家途中,你脱掉特瓦牌夹克,把它扔进路边垃圾箱。第二天,你去了运动用品店,分十期购买了一件芝加哥公牛牌短外套和一顶进口六角棒球帽。

5

在你生命的最后几周,学校生活可谓地狱。教书二十年,你压根没想过会败在这帮青春期小孩手里。不过,那天学生们还比较安分。可能是因为窗外细雨蒙蒙。你一直觉得每当下雨,落雨声似乎抽走了学生的部分能量。一到下雨天,学生进教室的时候更加沉默,有些人淋成落汤鸡,心情不好,还有人甚至向你打招呼:老师早啊。即便如此,开始上课还是很艰难,因为很难让他们集中注意力。你使出浑身解数也吸引不了这些学生。上课之前,你发现教室后面有个男孩面朝墙坐着。你坐下,把公文包放在桌上,开始点名。然后你起身,请所有同学面朝黑板，一些学生照做了，另一些互相挤眉弄眼，剩下的则压根不理你。教室后面那个男孩还是脸对着后墙。于是你点了他的名。其实你就是"喂"了一声，因为你不记得他叫什么。男孩继续面朝墙壁。这时，你决定走到教室后面。你走过去的时候，整个班都屏住呼吸，眼神跟随你的步伐。你明白，如果整个班变成这样，就意味着要有大麻烦了。来到男孩身边，你喊了他一声，他总算转过身来，而你看到了难以置信的一幕。那男孩在你的课上卷大烟。你不知该做什么好，只想从记忆里把这小孩的名字拖出来。然后你问自己，既然教学理论里没有一条教你如果学生在课上卷烟应该怎么做，那么你上大学读了这么多书有何意义。这时，全班同学都朝后扭过头来，等着你的反应。突然你奇迹般地想起了这男孩的名字：约翰·列侬。你开口，那啥，我不想干涉你的生活，不过如果你想现在搞这个，我希望你能去教室外面搞，成不？教室不是搞这个的地方。你平静地说。约翰·列侬看着你。你在心里默默掂量，也猜不出他会有何反应。然而，约翰·列侬向你道歉，说那我等下课再弄，老师你信我。所以咱现在要干吗？你长舒一口气，但还是感觉难受。你很累。要是你有本记录自己教师生涯的日记,你肯定这么写:"我已五十二岁,想退休了。这么多年来,我目睹了太多老师放下教鞭。很多人本走着教师这条路,却中途跳槽,去从事其他行业。但还有这么一种老师,特别的一群人:或是因为天真,或是因为无能,他们不畏艰难险阻,坚持前行。年复一年。他们紧紧抓住一线生机不放手。众所周知,如果船开始下沉,正常人都会纷纷跳船逃生,可是你要知道,有这么一些人,即使船在沉,也必须守在船上。我就是其中之一,坚持了二十年。因为总有人要留下,擦黑板,熄灯,锁上教室门。"然而你没时间写日记。有次一个女学生说,你应该把你的金句都写在书里。可是你根本没法完成一部书。你自认为没那么多耐心,也没那个精神状态。你不会文学创作。如果哪天你提笔,也不知分辨心中所想哪些算文学,哪些只是对生活的随口抱怨。你只是觉得,和学生斗智斗勇了二十年,就会发现逻辑清晰与荒唐无稽其实仅有一线之隔。你认为,当万事失去意义,头脑就必须得学着适应。而这就是你的斗争。你看着一代又一代的孩童和青少年经过你的教导,变成大人,忘掉学校,最终变成对你而言的，隐形的存在。在黑板和粉笔之间，被遗忘的存在。选择教书的你，在大众眼中仿佛已然消失。他们认为，既然你被迫在这里忍受孩子们的暴戾，那肯定是因为你人生不顺。只有失败者才去当老师。然而你心里明白，事实并非如此，至少你愿意这么想。解决了约翰·列侬的卷烟问题，学生也对你的课更上心了一点点，因为你没对他大吼大叫，没叫他滚出教室，没喊校长也没喊警察。你清楚，不采取进一步措施会有很大风险，但换个角度想，你这么做，稍稍赢得了他们的尊重。在公交站，学生们还和你打招呼。不久，你就变成了学生口中的"怠工老师"，因为你不再拿语法、重音、从句等烦学生。你自己也习惯了这个人设，甚至还觉得这样挺好。公交车一到，学生们让你先上车。这时，大家都很善良懂礼。"哎，傻子啊，让开让开，没看到挡着老师道啦？"车上，你心情凝重，因为你发现这些学生早就把老师课上讲的忘光光了。就在这趟车上，你看着这群小孩，意识到这才是你的日常斗争，也大概是唯一有意义的斗争：让你的声音、让你的话语尽可能久地留在他们脑中。然而，你一直觉得自己对人造成不了任何影响。五十二岁的你,手里只有书本、几张试卷,和难以压抑的饮酒欲望。你在一家常去的小酒馆旁边下车,进去点了一杯啤酒。然后你想起埃莉萨。想着她,你嘴里的啤酒都尝不出滋味。你边想着埃莉萨边喝酒。你的心混沌起来。酒的苦味和对埃莉萨的思念。再来一杯。你很快就醉了。酒精的快乐舒缓了你失去爱人的痛苦。痛苦消失了。于是你醉醺醺地、摇着步子回家,脱了鞋就倒头大睡。刺耳的闹钟把你吵醒,你因为宿醉头痛。外面下着冷雨。宿醉,寒冷和雨天:真是个打电话给学校请病假的好借口。但你不能。你还是起了床,不想缺勤。去学校路上,你生自己的气:你失去了埃莉萨,又跌入无底深渊。但你早该吸取教训了,毕竟人生如是。你自我安慰:我这辈子熬过的失恋还少吗。你接受现实,又试着理解为何结局如此。你潜入过去,分析这段感情的细枝末节:每一次吵架,每一次沉默,每一次痛苦。你想,我不会爱人。于是你责怪自己。但生活还要继续,因为不管你会不会爱人,你还是得活着。爱情不影响生活。你继续生活,因为日复一日车流不息,人们一同往常起床上班。你继续生活,并非出于勇气和骄傲,而是因为除此之外无事可做。你也无法从中得到经验教训,只有如何驯服悲伤,与它共存。即便埃莉萨总是不挑场合地在你脑海中浮现,你也要努力将她抹去。为此,你得在课上汲取力量。或许这是你教师生涯中最后一个教训:不要再影响学生,而是让学生影响你。一旦染上他们的天真无邪,很多事就豁然开朗。或许,在上课的时候,你能不再去想和埃莉萨一同走过的街,共饮咖啡的面包店,ATM机,冬天的公园。所有这些爱情的残影还在你心中摇曳,而你试图在一堂满是捣蛋学生的课上将它们驱散。之前你觉得五十二岁了,应该已能从容面对生老病死。但你想,无论年纪为何,该疼的还是会疼。在公交站等公交时,你好想哭。但你已经是个老男人了。而老男人可不会在公交站哭泣。这不是因为要彰显自己是个男子汉,而是因为老男人在公共场合哭泣不好。下班回家,你一直垂着头,但还是没有哭。你可不能在阿雷格里港市中心哭丧着脸,这种行为不被社会接受。总有人要塞给你传单。可你心想,疼痛不会被一张小小的传单切断。你觉得自己从来没能让学生有什么大的改变,即使有改变也是润物细无声的那种。你从不像感人教育片里力挽狂澜的老师,完全不像。然而,你也钦佩那些试着模仿这类老师的人。你唯一的成就便是你试着把有意义的事教给学生。只有这样。二十年,没有奖牌,没有荣誉,什么都没有。你自知不算伟大的老师,仅仅是在一场长年战争中单打独斗,并完成使命。你没有中途跳船。而你觉得,这一点能和你糟糕的课堂质量正负相抵。一天晚上,你调低电话音量,抓起话筒想打给埃莉萨,但你犹豫了。你一直在犹豫。你又要犹豫到何时?

巡逻艇

1

凌晨三点半,他突然醒来,口干舌燥,喘不上气。已经连续三天这样了。他把手伸向身旁。妻子在身边,安然熟睡。他起身,穿上拖鞋,去了卫生间。掀开马桶盖,小心不要尿到马桶外面。困意依旧。之后,他走去厨房,打开冰箱,倒了点水喝。冰凉的液体从喉头滑下,他听到洗衣房里传来响声。身为警察,他擦亮双眼,竖起耳朵,然后觉得没什么事。然而,马上又有了声响,这次还更加清晰。在前往洗衣房确认情况之前,他回到卧室,打开衣柜,拿出一把38mm口径左轮手枪,又回到厨房。这期间,他路过孩子们的卧室,他们都熟睡着。他拿着枪,轻手轻脚地回来,没有开灯。接着,他走到洗衣房,谨慎地观察情况。虽然没发现异常,但他还是感觉哪里不对劲。看向窗外,他发现一个黑人男子在公寓前面一栋房子的屋檐下走。他握紧了枪,感受枪柄的轮廓。他想,这肯定是个抢劫犯。从这里他能轻易击中此人。然而,他又发现屋檐下还有一个人。他紧张起来,想这两个狗东西趁夜深抢劫呢。外面很暗。但他还是瞄准了他们。正在这时,他想起自己为何来了洗衣房:因为他听到这里有动静。刹那间他回过神来:有人闯进了他的公寓。

2

时钟又准时敲了早上六点。而你心里明白不能再赖在床上,多赖几分钟床可能就赶不上公交,导致迟到,还得对付因为老师迟到闹成一锅粥的学生。这天,你没有吃早饭。你坐的这趟车总是一开始还挺空,但没过几站就挤满了人。乘客也还是那些人,沉默内敛,把头靠在车窗上。你也是其中之一。有时,你就这样小睡片刻,觉得仿佛整个世界都打着盹儿呢。这想法挺幼稚,但你有时就喜欢幼稚的想法。车离学校越来越近,你想着这节课要上什么。因为厌倦,你早就不再遵守学校的教学计划。你走进教师办公室，向大家问好，却无人搭理。大家都一脸困倦，满面愁容，或是因为非得在这儿工作而怒气冲冲。你想也是：早上七点半，没人有闲情逸致给你道早安。宗教学老师除外，他总是高高兴兴的，也是唯一一个回你早安的人。可是，你真不想见到有人早上这个时候还那么高兴，感觉像是某种冒犯。你觉得，人们在早上就不该高兴。学生早就在教室等你了。你踏入教室，这个动作已然重复整整二十年。到了晚上，你要去另一所学校教书。你觉得你身为教师的职责已经完成，该做的都做了。你进教室时，学生还是老样子：注意力涣散，根本懒得看你一眼。你好像不再在意这种事，而开始听学生在聊些什么。一帮学生声音特别大，说着张三之前杀了李四，而现在王五要去杀了张三。你看到他们有说有笑地讲这种事。这些孩子大部分是黑人，而你很清楚这样下去有何后果。你应该做他们的榜样，你是学校里唯一的黑人老师，当然得树立榜样。不管是出于冲动，出于罪恶感，还是出于有事未竟的责任感，你站起身来，走到教室中央，大喊一声叫大家注意。这会儿，学生都不再讲话，看向你。你的机会来了。你只有几秒钟的时间留住他们的注意力。"大家都听我说,其实我认识一个杀了两个人的男人。"你语气沉重,抑扬顿挫,好叫他们相信你不是胡编乱造。学生面面相觑,不懂你怎么突然说出这话。一个孩子放声大笑,但你还是神情严肃。另一个学生叫那个大笑的同学闭嘴,"你妈的,没看到老师话没说完?"于是你确认自己抓住了他们的心,该继续了。"好,我刚说了,我认识一个男的杀了两个人,而且我知道他杀人之前、杀人之时、杀人之后都在想什么。"教室里一片沉默,直到有人说:哎呀老师,咱咋能知道得这么清楚呢。而你说,能知道,我保证,而且我可以证明。现在所有学生都看着你,又好奇又怀疑,不知道该不该相信你。于是,你问自己:老师啊,你到底想怎样?要讲到什么程度?学生们屏气凝神。你继续说,我还能把这人带过来,让他详细说说。这时,一个学生举手问他在哪里服刑。你说,下周他会告诉你们的,不过下周可别有人缺课。老师,肯定不会有人缺课。约翰·列侬一边恶狠狠地环视全班,一边向你担保。之后,你走向黑板,第一次成功上了一堂讲德鲁蒙德的课。下了课,学生们都说爱听你的课。你欢喜不已,仿佛教师生涯终获救赎。

3

转过身,警察看见一个黑人站在厨房中央,枪口瞄准他。另一个人从洗衣房进来,摸向他身后。这两个男人都是翻窗进来的,也都持枪。他们没有遮掩面部,好像故意让警察看到脸似的。电光石火之间,厨房被一群黑人占据,而他真想不通他们是怎么侵入的。四面八方都是黑人,手都数不过来。其中一人走过来,朝他耳语:别害怕,咱可对你没兴趣,咱只想要他们。然后他指向警察熟睡的妻儿与孩子。这时,警察被妻子摇醒。她抓紧他的胳臂，唤着他的名字。怎么，又做噩梦啦？他没有回答，喘不上气，全身冷汗。他已经连续三晚做了同一个梦：公寓被黑人入侵。

4

在你生命消逝之时,在你心脏停跳之时,你这一生已竟何事,又未竟何事,伤过何人,又被谁所伤,几度失败,又几度成功,都毫不重要。唯一重要的是你在死亡瞬间所做之事。于是,当你走进学校,学生正等你等得心急如焚,急着要看你说过要带来的那个杀手在哪儿。一个孩子说,难道老师骗人?你说没有,我可没骗人。进了教室,你让大家把桌椅摆成一个圈,他们信了你,照做了。看大家都坐好了,你打开文件袋,拿出一叠纸,给每个人发了一张。纸上满是文字。有学生问这是什么呀,老师,那个人呢？你说，等下你们就知道了。于是，你起身，拿起纸，开始朗读。原来，纸上印着陀思妥耶夫斯基《罪与罚》的选段。更确切地说，你不是在朗读，你是在讲述，因为你那天说要带杀过两人的凶手来，心里想的就是拉斯柯尔尼科夫。因此，好几天你都拼了命在想，究竟该如何把《罪与罚》介绍给这群孩子，这群被说成"什么都听不懂""失败者"的孩子。你别无他法，必须履行约定。于是你在家重读了《罪与罚》，选出最振聋发聩的片段，拿去复印。重读之后，你试着背下选段，因为你不能仅仅给学生朗读一遍，你得看着他们的眼睛，要讲得绘声绘色，该强调的地方强调，该停顿的地方停顿，该留白的地方留白。这招还真奏效了。陀思妥耶夫斯基的文字抓住了他们的心。你从一起谋杀说到另一起，甚至能听到学生的呼吸。顿时，你身上的疲劳一扫而光，从未有过的满足感充盈全身。你本打算就给他们读四页，结果这几天你读了四十多页。每堂课你们都读六到十页。你提前备好课，想好如何表演，有时你猛地起身，激动地比画起来，把一些学生都吓到了，叫他们一脸焦急。有次下课后，一个叫彼得森的学生来找你，问你罪人拉斯柯尔尼科夫最后得到了什么惩罚。彼得森父母双亡，和两个兄弟相依为命，大哥操持家计，而他自己现在还能上学简直是个奇迹。他有太多辍学的理由。他是黑人，十七岁了，因为没服兵役所以还找不到工作。你得好好斟酌词句。于是你说，拉斯柯尔尼科夫最后被抓了。彼得森望了你一眼，问拉斯柯尔尼科夫是否真有其人。你说不是，不过也可能是。你收拾东西的时候，和他聊起故事内容。出了校门，你们向公交站走去。若要有人问起，你甚至可能会说，你们正前往圣彼得堡。

5

他起身去卫生间,撒尿的时候还喘不上气。这噩梦过于真实,叫他真想去衣柜拿枪。他洗了手,往脸上扑了点冷水。几分钟过后,他感觉好多了,冷静多了。他从孩子们的门前经过,回到卧室。他想,平安无事。然后看了表,清晨五点,他得在半小时后起床。可他已无法入眠,想着接下来的一天。之前,迈孔下士因为天杀的一部手机牺牲了,而他的警察身份也被袭击者发现。他去厨房吃了早餐。来到客厅,他打开电视看新闻,他喜欢看暴力犯罪事件,也喜欢天气预报。六点四十出门。穿着制服乘公交，这样不需要买票。他早已不在意旁人的目光。到了警局，他先和特谢拉打过招呼，又问候了索萨上校。阿尔梅达和马托斯下士已经在擦巡逻艇了（这是他们对警车的爱称）。今天他们又要去善主区巡逻。他们特别警察行动营，简称特警营，已经在这里的贫民窟转了三周，还没找到杀死迈孔下士的凶手。拿阿尔梅达下士的话讲，就是得他妈的挨个问这帮混子，今天就把这小逼崽子拿下。而他每次坐着巡逻艇上路，腹部都传来一阵寒意。

6

彼得森说他不懂为什么拉斯柯尼尔科夫就后悔了,他是个罪犯,"罪犯怎么会后悔呢,贫民窟里的抢劫杀人犯就没有后悔的。"你说可能不是你想的那样,人们总会后悔,只不过没人上街大声嚷嚷"我好后悔"罢了。彼得森哈哈大笑。你接着说,拉斯柯尔尼科夫曾以为自己就是上帝,觉得自己无所不能,觉得这女的和她妹妹的生命屁都不值,而这大概就是他犯下的大错。彼得森说你的课有趣极了。你说如果想借书看,我可以借你。他说谢谢,不过现在得赶紧找工作。你本想坚持借他书,想着给他讲讲面包、牛奶虽然重要，但诗和远方也不可或缺。但你想，可不能搞砸了啊，言多必失，你上了最近最好的一堂课，就该知足了。街角，彼得森和你道别。你边走边回忆课上的每个瞬间。于是，你看着天空，学着贾尔兹·马卡勒[1]，哼起"月亮就像蛋黄，盛于天空的青觞"[2]。

1　Jards Macalé，巴西歌手、演员、作曲家。
2　贾尔兹·马卡勒的歌曲《风景》的歌词。

7

　　身为警察,他从未想过自己会死。其实这帮警察都没想过自己会死,他们都觉得自己有不死之身。因为若他们不抱有这种心态,那就没人愿意出门上班。驾驶巡游艇的是马托斯下士。他车技最好,能猛地一下给车加速,还不叫它失控。他们找上的第一个目标是两个黑人男孩,其中一个戴着棒球帽,另一个穿着大裤衩。正是上午九点,阿尔梅达下士问他们这个点在这里干吗。他们掏枪指着两个男孩。男孩子们举起双手,马托斯下士用对讲机叫人查验他们的身份。一个男孩回答,我们正在去学校。他问,书包呢?今天是郊游日,不用带课本。一连串问题问下来,警察确认这两个男孩没什么嫌疑,然后放了他们。第二个目标有点麻烦。他们拦下来一辆车,大众高尔。除了一个白人男孩,车里的人都被搜了身。其实几个警察还问那个白人男孩你没事吧,毕竟一辆车里坐三个黑人一个白人,实在太可疑了。将近午餐时分,他给妻子打了电话,说他没什么事,就是打来问问她怎么样。清晨被噩梦惊醒之后,他总觉得怪怪的。到了第三个目标,他们没废话,直接举枪。他们大摇大摆开进贫民窟,四处转悠,这时马托斯感叹:真他妈的狗屎。咱在这儿找杀迈孔的凶手,我就不能理解了,监狱里最多的就是黑人,看就知道,就这那群搞人权运动的狗东西还冲我们狂吠。他们哪知道咱受了多少罪。三周了还找不到凶手。现在,巡逻艇驶入贫民窟中心地带,大家都擦亮双眼找寻凶手的蛛丝马迹。时间一点点流逝,为同事复仇的愿望也愈发强烈。找了一天,大家打道回府。其实他们的出警次数早就过了上限。他回到家,妻子儿女已经睡了。他很累,但很怕一睡着又做相同的噩梦。为了放松身心,他洗了个澡。明天他们又要去贫民窟,不过这次他的巡逻时间换了。夜间巡逻一般更加棘手,很有可能就爆发暴力冲突。他上了床,一沾枕头就睡着了。凌晨三点半,他觉得口干舌燥,喘不上气。他把手伸向身旁。妻子在身边,安然熟睡。他起身,穿上拖鞋,去了卫生间。掀开马桶盖,小心不要尿到马桶外面。困意依旧。之后,他走去厨房,打开冰箱,倒了点水喝。冰凉的液体从喉头滑下,他听到洗衣房里传来响声。他擦亮双眼,竖起耳朵。

8

现在,你还想把卡夫卡[1]、塞万提斯[2]、詹姆斯·鲍德温[3]、弗吉尼亚·伍尔芙[4]和托尼·莫里森[5]介绍给学生。上完那晚的课,一切都有可能。这将你从深渊中解救。结果,你压根没看见身边墙上映着的红色警光灯,也没察觉有警车接近,当然也没发现车在你身边停下。直到一个警察提高音量叫你站住,你

---

[1] 德语小说和短篇故事作家。
[2] 西班牙小说家、剧作家。
[3] 美国黑人作家、诗人、社会活动家。
[4] 英国作家,二十世纪现代主义与女性主义的先锋。
[5] 非裔美国作家。

才反应过来。你又要被警察盘问了。你的心思还在课堂上,还想着陀思妥耶夫斯基。那警察大叫给我站住,给我去墙边站着。可你没听见,或者说不想听见。那警察和他几个同事都十分紧张,这就只是例行公事的盘问而已,妈的,你合作一下。可你完全不在乎他们的例行公事。他又高喊着叫你去墙边,已经拿枪指着你了。但你不为所动,你觉得这次警察可不能打断你的思路。你们真得去看看,真得看看我开始读书的时候那些学生的神情,你们真得瞧瞧,他们那么安静,注意力那么集中。还得和你们介绍一下彼得森,可要听听他对这本书的见解。于是,你不顾那警察尖叫"你他妈的放下包",打开了公文包。你没理他,因为现在轮到你说了算。而现在,你决定要把手伸进公文包。第一发子弹击中你的肩膀,你感觉好像被石头猛砸了一下。第二发子弹射进你的胸膛,撕裂般的、难忍的痛楚,虽然没有你受过的其他疼痛那么强烈,但还是难忍万分。第三枪是他开的,那个做噩梦梦到黑人入侵他家的警察。这枪正中眉心。一群子弹呼啸而来。而你看到的最后影像,是那天空的青筋中蛋黄般的月亮。

9

　　我已记不太清"死亡"何时就成了"悲剧"的同义词。大概就是我被你带去参加教父葬礼的时候，从你那里学的。当时我十二岁，你教我葬礼上的种种规矩，其中第一条就是要身着黑衣。可是那时候我没几件黑衣服。于是你借了我一件全黑正装衬衫，上面点缀着白色纽扣。这衣服我穿起来臃肿不已，可我还是穿这样去了葬礼。你还说过，身着黑衣是服丧的传统。也许正是那天，我第一次意识到死亡的沉重。我竖起耳朵听人们对遗属说的话。我发现，如果有人急于安抚遗属，就会说些又怪又夸张的话。我记得你说过,死亡可以突如其来,但话语不能。你宁愿人们什么都不说,或者就只说"节哀顺变",拥抱一下就好。这些话似乎很空洞,只是陈词滥调。但你说,死亡本身就是陈词滥调,因此可以说些场面话。你还说,葬礼还有一个重要元素,就是哭。哭也不能过于夸张,你讨厌夸张。你说,即使死者的朋友内心痛苦更甚,也决不能哭得比遗属还伤心。死亡是很私人的事,不该变成一场表演。安葬你的时候,来了很多我根本不认识的人。那是各种各样的、和你打过交道的人:学生,学生家长,教师同事,朋友及其亲属。我妈妈不愿参加你的葬礼,选择待在家里。其实她就是和我奶奶关系不好,为了避免尴尬就没来。你的两个妹妹站在离你棺材最近的角落。我奶奶无比悲伤,一直沉默地守在你身旁。媒体到得最早,但我们这些遗属压根儿不想接受采访。大姑卢阿拉一滴眼泪都没掉,但我知道她有多伤心。葬礼上负责祷告的神父问还有没有人想说些什么。大家一片沉默,只有小姑伊娜埃小声啜嚅着,怎么会这样,我不相信,我还能看到他那么开心的样子,说他给学生念了一本书,说自己上的课。然后又是一片沉默,这时有人问我要不要说点什么。我想说，但不是在这里，不是在众人面前。我的痛苦只属于我自己，我不要让别人看。但一个黑人少年说自己是你曾经的学生，想说几句：七年级的时候我遇到了恩里克·努内斯老师，那时我十二岁。他对我的帮助有多大，对那么多学生帮助有多大，又教了我多少东西，真的难以用言语形容。我好后悔没能告诉他这话。我还想说的是，恩里克·努内斯老师并非仅仅死于意外，他死于这个国家的政治。这种政治延续几个世纪之久，是追捕、谋杀黑人男女的政治。说到这里，男孩哽咽了，声音变得含混，说自己说不下去了。之后，棺材缓缓沉入墓坑。我们分别掬一捧泥土洒在棺木上，每人说了一句话。然后，我和卢阿拉姑姑拥抱着，看着铁锹扬土，直到沙土覆盖了棺木。这就是葬礼的结束。所有人沉默着离去，满身疲惫，泪眼蒙眬，受伤不已。我想，死亡从来都是一种伤害。它将我们贬为尘土，叫我们化作虚无。我们离开墓园，同时也把你留在身后。你孤身一人，只有泥土为伴。我想，每个人总会有这么一天。墓园门口，大姑问我现在要去哪。而这个问题叫我难以回答，因为我不知道一般人会怎么做，换句话说，我不知要怎么才能回到日常琐事。我不知要怎么才能重拾生活。她发觉我的踟蹰，只说来，咱们去吃午饭吧。而我觉得在这种时候，她这句话再有理不过。我需要的只是有人告诉我，接下来该做什么。那一天充满了追忆、恸哭和不时的笑声，那是因为有人讲了你的趣事。晚上，我去了奶奶家。更确切地说，我去和她住了几天。三天以后，我回到校园，回到工作岗位。该是重整旗鼓的时候。你的死让我和两个姑姑更亲近了些。过了几天，莎阿丽恩妮打来电话，约我喝咖啡。但最终未能实现。我愈发频繁地去卢阿拉姑姑家，和她待在一起，我感觉好像能找回你的碎片。因为她跟我讲了许多我不曾听闻的你的童年往事，而这令我安心。有一天，我们去餐馆吃饭。我观察周遭顾客，他们老是瞟她，就好像她黝黑的肌肤，她鬈曲的头发，她肥胖的身形不该在这里出现。她不受待见。而我心里想，你从没说过这些，从没讲过你的两个同母异父妹妹，她们比你肤色更黑，从没说过在阿雷格里港，在这种族歧视严重的城市里，她们一直都被冷眼相待。我又看了看自己的皮肤：我的肤色比你和我妈妈的都浅。这大概是我到现在为止只被警察找过两次的原因。于是，我开始思考这一切有多么残忍。于是，我就好想哭，却不知其真正缘由，究竟是因为你的死，还是因为人们瞟向我姑姑的目光，还是因为发现最黑的那些女性要面对更多、更多的困境。卢阿拉姑姑要来菜单。当我们等上菜的时候，我问她怎么受得了这些。她一脸茫然：哪些？就这种事，就是别人老是用肤色定义你。她向我投来悲伤的目光，说我们都习惯了。这些事都会习惯的。走在路上旁边人就马上把包合上，习惯了；自家男人更喜欢皮肤颜色浅的小妞，咱就得习惯一个人过；参加面试要假装没发现面试官一看到你就一脸失望，习惯了。但我这不是抱怨，因为活了那么多年，我也学会了自我保护，学会了想法子生存。你爸爸也得想他的法子。但这不是说我们就一直成功。有时候我们会失败。而且，对我们来说，失败一次就可能是致命的。佩德罗啊，即便如此，即便如此我们也得前进。你得明白，黑人男性遭受他们的折磨，黑人女性也遭受她们的折磨，其中有相同之处，但我们和你们还是不同的。不是所有原因都一样。她饱含悲伤地说着，而我望着她，知道自己应该给她一个拥抱。吃完午餐，我们叫了甜点，她问我现在学习怎么样。我说我进度有点慢,因为发生了好多事,搞得我不想继续下去了。这时,她握紧我的手,说:孩子,继续呀,你唯一能做的就是继续前进。

10

  我想你们从没想过要给我留下什么话。我明白已经多年过去，也知道即使未被记忆模糊，你们当时说过的话也只是不连续的片段。所以，我需要粘起这些碎片，造出一个故事。因此，还原这个故事并非为了你，也不是为了我妈妈，而是为了我自己。我要从体内拽出你离开造成的空洞，赋予它生命。为此，我不局限于你们的叙事，也不局限于你遗物的讲述。我想，我们不必受事实拘束，我所要的是创造出来的真相，它能让我从泥泞中站起。我心里明白，也许这个故事仅仅存在于我的脑海，但它又确确实实地将我拯救。我不要死亡,不要分离。但你教会了我,面对死亡不能畏惧。你曾说,当人有所追求的时候,难免不想死去。在你死后,好几个月我都在思考自己的死亡。即使我那样年轻,我还是思考着死亡,因为你很早就让我意识到了人的终结。很悲伤。但我感谢你。杀死你的人还逍遥法外,不知何时才会受到制裁。而这些人除了你的肤色,对你一无所知。在他们眼中,你只是个威胁,别无其他。所以,我要重新述说你的故事,附带一些我自己的故事。我透过自身的经验,探索你的情感经历。可我还不确定要如何使用这一发现,不确定要如何使用这创造出来的真相。通过创造,我才能对自己诚实。我知道,没人像你那样死去:被射成筛子一样,无力反抗。不像陀思妥耶夫斯基[1],你没有机会被赦免。你什么都没有。没有留你一命的沙皇。但我清楚,你这一生挨过了多少次可能被射成筛子的危机。你最伟大之处便是,即使如此,你还日复一日地迎接第二天的到来,日复一日地直面死亡的可能。在巴西南部,拥有黑色的身体等同于多灾多难。你的学生便是你一

---

[1] 陀思妥耶夫斯基因参加革命被沙皇当局判处死刑,却在行刑前被沙皇突然赦免。

生的成就,虽然其中有些人甚至都不记得你了。你的课堂便是你一生的成就,或悲伤,或严肃,或激情昂扬。我愿活在你的思维之中,作为一种亲子之爱的形式,一种智慧、静默又脆弱的爱。但你的死还缠绕着我。我想,我所创造的对你的回忆,的确缺少应有的成熟和距离感。我也知道,但我有的只是天真幼稚而已。这个故事,仍然是未愈之伤的故事。是疗愈我心中因你突然逝去而生的巨大空洞的故事。

11

没人叫我过来,但我必须要来。我打开衣柜,觉得自己好像在窥探你的隐私。窥探那些我大概不该知道的隐私。即使如此我仍要继续,因为我不知一个窥探父母的私生活的孩子应何时收手。不知自己能承受你们多少的脆弱、恶意和病态。虽然内疚,但我必须继续。从衣架上,我拿下几件衬衫,缓缓端详,想象你穿上它们的模样。把它们放在床上,我想起和你吃午饭的那天,你也穿着这件蓝色条纹衬衫。那天你很开心,因为你学生夸你的课很有趣。你受过那么多苦,还能感到这般微小的快乐。也是那天，我想和你说莎阿丽恩妮的事，但最终不想打断你的快乐。此外，我觉得自己已经知道你会怎么说：你会说我和莎阿丽恩妮只是彼此的人生过客，并不重要。你还年轻，还会失恋很多次，忘记她吧，很快就有其他女孩的。即使你的话十分有理，我还是想对你倾诉，因为我也想再听你讲道理。父母不就是要教诲孩子吗？可我想你并不会当父亲，至少不会做我所期待的那种父亲。拉开抽屉，我发现一张照片，是你工作的最后一所学校，它在阿雷格里港郊区。我没去过那边。我认出来，只是因为你的尸体也是在那里被发现。你的尸体摊在地上，头部中了一弹，而身体被无数子弹射穿。之后，为了自我安慰，也为了让你的死变得有意义，我发誓将来的某一天，我一定会从悲恸中恢复，回归正常生活，我要打篮球，继续建筑系的学业。但随着时间流逝，我发现悲剧之后，一切都不再如前。如今我仍无法相信，你竟这样离去。我知道黑人是因枪击身亡人数最多的群体。电视上整天都是这种新闻，但我们怎么都想不到，有一天事情会发生在自己身上。看着相邻街区的受害者亲属号啕大哭，控诉暴力行径，控诉当局的不作为，我们觉得好悲伤，骂一句"妈的啥时候才能没有这种屁事"，然后又转回眼前的面包、牛奶。就这样，终有一天会轮到自己切身体会生离死别之痛。就这样，我突然就要面对摄影机，面对记者伸过来的话筒，问我对这场悲剧有何感受。从那以后，我被强迫接受了新的现实。我明白，我要坚强，做好该做的事：埋葬父亲，自愈伤口。撑过丧期。你死去的那晚，凌晨一点我手机响了。是泣不成声的卢阿拉姑姑，她告诉我发生了什么。当时我大脑宕机，不知所措。我飞速穿好衣服，打了的士。没过多久，我仿佛成了机器人，仿佛什么都不再关心，仿佛一切刺激都不足以让我产生任何感情。我想弄清究竟的心思超过了内心的痛苦。悲剧对人的影响十分奇特。看向窗外，我离目的地越来越近，在那里我将看到你的尸体。我不知该如何面对。我不知道应该酝酿什么感情。我不知道。所有汹涌而来的情绪似乎都并不准确，也并不合适。也许，这正是悲剧对人最真实的影响：让痛苦成为常态。你的尸体被送去了阿雷格里港法医中心。快到的时候，我想着给莎阿丽恩妮打个电话，但又放弃了。我不愿这么做，不愿看她出于怜悯而来。走进法医中心，埃莉萨已经在大厅里了,她眼眶泛红,神情悲伤。我们无言相拥。我在那里指认了你的尸体,上面弹孔斑驳。尸体旁有你的公文包,里面大概是学生的作业和试卷,还有一个塑料袋,装着杀死你的那些子弹。我真没想到我能在你的遗体前观察得那么仔细。亡父的影像也会夺走儿女的一部分生命,也许这便是爱的证明。而现在,我身在你的公寓,试着寻求一丝安慰。我再次望向你的遗物。离开之前,我照着卢阿拉姑姑的话,拿着你的黏土盆,取出其中的奥库塔,用布包起来。手捧奥贡,我离开了你的公寓。有时候,阿雷格里港的街道如同无尽的迷宫。并非因为街道很宽,而是因为走在街上,我仿佛迷失。就像你一样。或许"迷失"不是最精准的词。走在阿雷格里港街头,你仿佛找不到自己的归属。因为每当你出门上街,就仿佛在入侵这个空间。只要环视周遭,你就明白自己无法融入这里,但你坚持留下,坚持活着。阿雷格里港是你在自身之外构筑的空间,你从未踏入其中。而现在,我手捧奥贡,走过相同的街道,依然自觉迷失,而这个词依然不甚精准。我继续向前,走向瓜伊巴湖。奥贡躺在我的手掌心,现在,该我启程。

致谢

感谢保罗·斯科特、路易斯·毛里西奥·阿泽韦多提供的背景资料,也感谢我的编辑埃米利奥·弗拉伊亚及其团队。尤其感谢我的第一位读者普利西拉·帕斯科,以及我母亲桑德拉、姐姐厄休拉和侄子布莱恩的无条件支持。

种族、伤痛与成长
——《表皮之下》译后记

我们在这个地球上宣誓，宣誓我们在社会上、在这个地球、在当下，作为人、被当做人来尊重、且拥有人权的权利。为了实现这一权利，付出任何代价都在所不惜。

——马尔科姆·X

巴西作家杰弗森·特诺里奥一九七七年生于里约热内卢，以教师身份常驻阿雷格里港。生为黑人，他常常遭受警察的暴力对待，这也成为他开始写作的原因之一。截至目前，特诺里奥一共创作了三部长篇小说，本书便是他最近的长篇作品。

特诺里奥写作本书的动力便是悼念一位巴西南部被警察误杀的黑人文学教师。他认为，写作可以成为对抗种族主义的一种方式。他偏好以儿童视角出发，借助儿童天真朴实的心灵力量，探索贫富差距、种族歧视、阶级不平等等诸多议题，引起读者共鸣。与作者前两部长篇小说《亲吻那一面墙》（*O Beijo na Parede*）、《失去上帝的星》（*Estela sem Deus*）相似，特诺里奥在《表皮之下》中依然采用了更具真实感的第一人称叙事，以一位幼年遭弃的黑人孩童视角，将其成长之痛、生存之苦娓娓道来。特诺里奥的作品论及种族，但又超越单纯的种族议题，他笔下的黑人不是一个标签化的概念，而是一个个活生生、有血有肉的人。他们有感情、有欲望、有痛苦，他们的智能与人格不因为肤色之别而与我们有任何差异，却被迫在社会上遭受不公正对待。

"在巴西南部，拥有黑色的身体等同于多灾多难。"《表皮之下》的故事发生于巴西南部的南大河州，而它可谓是巴西种族歧视最严重的州。与圣保罗、里约热内卢这种吸纳全球移民的大都市不同，在这里，种族歧视无须遮掩，白人占据人口的主要地位,赤裸裸的种族歧视随处可见。从特诺里奥自身经历来看,他在里约热内卢从未被警察找过麻烦,然而,搬去阿雷格里港之后,这种事情可谓家常便饭。书中,作者亦指出,黑人群体受到的歧视并非同质,黑人女性所受的苦难更加隐蔽和深重,而这恰恰是黑人运动未能注意到的一点。黑人运动"天下黑人是一家"的宏大叙事,刻意忽略了黑人女性被同族男性施加的压迫。根深蒂固的歧视不仅存在于种族之间,也存在于性别之间。

《表皮之下》书写的是苦难,更是人性。人有表里两面,重要的并非浅显易见的"表",而是心灵深处的"里",是内心的柔软情感——所有的矛盾,所有的痛苦,所有的挣扎,正是这些让我们之所以为人。二〇二一年秋,特诺里奥接受《真实巴西报道》采访时表示,"维持内在首要的是关心他人","我们现在的问题就是对他人漠不关心……这个时代的特点是冷漠。"

此外,作者在《表皮之下》一书中,塑造了与传统文学截然不同的父亲形象。特诺里奥发现,在非裔葡语文学中,父亲形象大多西化,充满悲剧色彩;父亲造成孩子的创伤,与孩子关系冷淡，最后父子和解。然而，西方的范式和现实并不接合。在巴西，很多黑人孩子由母亲一手带大，父亲或是死亡，或是进了监狱，或是因为养不起孩子、不想养孩子而将孩子抛弃。于是，他决定以另一种方式塑造父亲形象。他在非洲文学里寻得了另一种父亲，不像西式父亲一般，具有如此决定性力量的父亲。他将这两种父亲形象带入《表皮之下》，向读者呈现一种并非悲剧主角，也不算英雄，而是若即若离的半吊子父亲形象。写作本书，亦是作者对积极健康的父子关系的一种呼吁。而不幸的是，在很多黑人家庭中，这样的温暖关系尚不存在。这无疑也是种族歧视造成的灾难之一。

在特诺里奥看来，解决巴西的系统性暴力与歧视问题刻不容缓。歧视本身便是实现民主的一大障碍，只要歧视存在，就无法民主，因为民主旨在保护所有人的权益。而缓解乃至消除歧视的关键之一便是人性，是人的同理之心。马丁·路德·金说："黑暗不能驱除黑暗，光明才可以。敌意不能消除敌意，爱才可以。"毕竟，肉眼能见的肤色并不重要，重要的是在各色表皮之下，我们的人格与灵魂。

王韵涵

2023年4月15日于广州

胭砚计划（按出版时间顺序）：

东洋志：
《战斗公主 劳动少女》，[日]河野真太郎著，赫杨译
《给年轻读者的日本亚文化论》，[日]宇野常宽著，刘凯译
《青春燃烧：日本动漫与战后左翼运动》，徐靖著
《同盟的真相：美国如何秘密统治日本》，[日]矢部宏治著，沙青青译
《昭和风，平成雨：当代日本的过去与现在》，沙青青著
《平成史讲义》，[日]吉见俊哉编著，奚伶译
《平成史》，[日]保阪正康著，黄立俊译
《一茶，猫与四季》，[日]小林一茶著，吴菲译
《暴走军国：近代日本的战争记忆》，沙青青著
《古寺巡礼》，[日]和辻哲郎著，谭仁岸译
《造物》，[日]平凡社编，何晓毅译

太阳石：
《鲁尔福：沉默的艺术》，[西]努丽娅·阿马特著，李雪菲译（即将出版）
《达里奥：镜中的预言家》，[秘鲁]胡里奥·奥尔特加著，张礼骏译（即将出版）
《科塔萨尔：我们共同的国度》，[乌拉圭]克里斯蒂娜·佩里·罗西著，黄韵颐译
《巴罗哈：命运岔口的抉择》，[西]爱德华多·门多萨著，卜珊译
《皮扎尼克：最后的天真》，[阿根廷]塞萨尔·艾拉著，汪天艾、李佳钟译
《多情的不安》，[智利]特蕾莎·威尔姆斯·蒙特著，李佳钟译
《在大理石的沉默中》，[智利]特蕾莎·威尔姆斯·蒙特著，李佳钟译
《〈李白〉及其他诗歌》，[墨]何塞·胡安·塔布拉达著，张礼骏译
《珠唾集》，[西]拉蒙·戈麦斯·德拉·塞尔纳著，范晔译
《阿尔塔索尔》，[智利]比森特·维多夫罗著，李佳钟译
《自我的幻觉术》，汪天艾著
《群山自黄金》，[阿根廷]莱奥波尔多·卢贡内斯著，张礼骏译
《诗人的迟缓》，范晔著

巴西木：
《这帮人》，[巴西]希科·布阿尔克·德·奥兰达著，陈丹青译，樊星校（即将出版）
《一个东方人的故事》，[巴西]米尔顿·哈通著，马琳译（即将出版）
《抗拒》，[巴西]胡利安·福克斯著，卢正琦译

《歪梨》，[巴西]伊塔马尔·维埃拉·茹尼尔著，毛凤麟译，樊星校

《表皮之下》，[巴西]杰弗森·特诺里奥著，王韵涵译

努山塔拉：

《瀛寰识略》，陈博翼著

其他：

《少年世界史·近代》，陆大鹏著

《少年世界史·古代》，陆大鹏著

《男孩的心与身——13岁之前你要知道的事情》，[日]山形照惠著，张传宇译

《噢，孩子们——千禧一代家庭史》，王洪喆主编

《大欢喜：论语章句评唱》，李永晶著

《回放》，叶三著

《雪岭逐鹿：爱尔兰传奇》，邱方哲著

《故事新编》，刘以鬯著

《亲爱的老爱尔兰》，邱方哲著

《说吧，医生1》，吕洛衿著

《说吧，医生2》，吕洛衿著

《天命与剑：帝制时代的合法性焦虑》，张明扬著

《现代神话修辞术》，孔德罡著

《看得见的与看不见的》，[法]弗雷德里克·巴斯夏著，于海燕译

Copyright © Jeferson Tenório 2020
First published in Brazil by Editora Companhia das Letras
桂图登字：20-2022-271

图书在版编目（CIP）数据

表皮之下 /（巴西）杰弗森·特诺里奥著；王韵涵
译.-- 桂林：漓江出版社，2023.9

ISBN 978-7-5407-9476-7

Ⅰ.①表… Ⅱ.①杰… ②王… Ⅲ.①长篇小说-巴西-现代 Ⅳ.①I777.45

中国国家版本馆CIP数据核字(2023)第118846号

Obra publicada com o apoio da Fundação Biblioteca Nacional e do Instituto Guimarães Rosa do Ministério das Relações Exteriores do Brasil
本作品由巴西外交部吉马莱斯·罗萨学院与巴西国家图书馆基金会资助出版

BIBLIOTECA NACIONAL   IGR Instituto Guimarães Rosa

表皮之下　*O Avesso da Pele*
BIAOPI ZHIXIA

作　者	[巴西] 杰弗森·特诺里奥
译　者	王韵涵
出 版 人	刘迪才
品牌监制	彭毅文
选题顾问	樊　星
责任编辑	彭毅文
助理编辑	李雪菲
书籍设计	千巨万工作室
责任监印	陈娅妮
出　　版	漓江出版社有限公司
社　　址	广西桂林市南环路 22 号
邮　　编	541002
微信公众号	lijiangpress
发　　行	北京联合天畅文化传播有限公司
发行电话	010-64258472
印　　制	北京盛通印刷股份有限公司
开　　本	880 mm×1230 mm　1 / 32
印　　张	7.25
字　　数	106 千字
版　　次	2024 年 3 月第 1 版
印　　次	2024 年 3 月第 1 次印刷
书　　号	ISBN 978-7-5407-9476-7
定　　价	48.00 元

漓江版图书：版权所有，侵权必究
漓江版图书：如有印装问题，请与当地图书销售部门联系调换